文豪図鑑　完全版

あの文豪の素顔がすべてわかる

自由国民社

はじめに

文豪とは優れた文学作品を残した者に与えられる、いわば称号のような名称です。

「作品が多くの人に読まれた」「文学史に残る名文を残した」など、文豪たる理由は多岐にわたります。

ただ共通するのは、いずれも表現者として生みの苦しみと闘い、時には命を削るようにして作品を生み出してきたということ。

その作品はいつの時代も人々を魅了し、時には強く影響を与えてきました。

一方で、人間である彼らには私たちと同様に人格があり、趣味や嗜好を持っていました。ゆえに素晴らしい作品を残した文豪も、驚くほど人間らしいエピソードを残しています。

本書では文豪たちの代表作とともに、そういった愛すべき側面にも注目しました。文豪たちの人となりを知ることで、これから読む作品に、より深い味わいが生まれると考えています。

本書が文豪や文学作品の新たな魅力を知る一助となれば幸いです。

目次

明治の文豪

大正の文豪

昭和の文豪

明治の文豪

娯楽や教訓・政治の手段として考えられていた文学が、欧米の文化や文学に触れる中で意義を見つめ直され、新たな文学が作られはじめる。

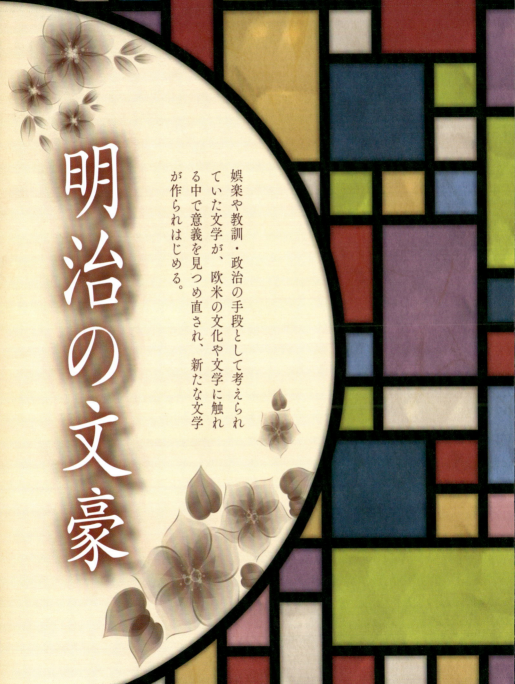

小説、演劇、翻訳で活躍

坪内逍遥《つぼうちしょうよう》

学生時代はリア充

東大に入学した逍遥は、学業はそこそこにし、芝居や寄席を見たり、軟派グループに属して遊んだり、青春を謳歌するリア充だった。

不眠症で睡眠薬に頼る

40歳の頃より、神経衰弱や不眠症を患い、睡眠薬を飲んでいた。75歳で死去する原因も睡眠薬を飲み続けての死だった。

生没年月日	出身地
1859年5月22日～ 1935年2月28日	美濃国加茂郡太田宿 （現・岐阜県美濃加茂市）
特技・趣味	**プロフィール**
幼少時代、母親のお伴で見た歌舞伎の魅力に取りつかれ、貸本屋で戯作を読みあさるようになる。特に滝沢馬琴の読本に心酔した。	東京大学卒業後、のちに早稲田大学教授となる。代表作に小説『当世書生気質』評論『小説神髄』、シェイクスピア全集の翻訳がある。

イラスト／トミダトモミ

坪内逍遙はこんな人

3年間遊郭に通いつめたお気に入り娼妓と結婚

逍遙は、学生時代から通いつづけた根津遊郭の娼妓・セン（源氏名は花紫）と27歳で結婚する。養女として生まれ育ったセンの不幸な境遇に同情し、かつ人柄を見込んでの結婚だった。娼妓を妻にしたことで、世間からは冷たい目で見られることとなる。しかし、彼は周りの冷眼に屈することなく、自分の想いを貫き通す。センはその想いに応えるよう内助の功を尽くした。

恨みつらみを決して言わない思い切りのいい性格が魅力

文芸評論家の島村抱月からの依頼で、逍遙は文芸協会を設立する。しかし、妻子を持つ抱月と女優の松井須磨子との不倫事件がきっかけで、文芸協会は解散。逍遙は残務整理のため、当時の金額で2万円（現在にすれば億は超える）を、自分の土地建物を処分して払い、周囲に迷惑をかけなかった。しかし、抱月への恨み言や愚痴はいっさい言わなかったと語り継がれている。

読んだ気になる代表作ガイド

26歳の若さで書いたその後に影響を与えた作品

ある日、書生の小町田粲爾《こまちださんじ》は、花見客で賑わう飛鳥山で、芸妓の田の次とぶつかる。久しぶりの再会だった。昔、小野田の父親が身寄りのない田の次を引き取り、小野田と田の次は兄妹のように育てられていたのだ。しかし、小野田の父親の免職により、田の次は芸妓の道を歩くことになる。再会をきっかけに、会うようになる2人。小野田は学業そっちのけで、彼女に夢中になっていく。やがて学校に2人の悪い噂が流れ、校長から休学を命じられてしまう。田の次との関係を切らなければ退学というのだ。はたして……。

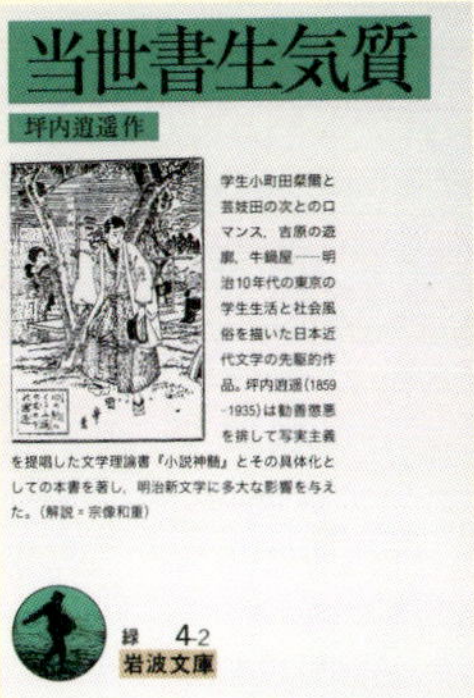
当世書生気質
坪内逍遙作
学生小町田粲爾と芸妓田の次とのロマンス、吉原の遊廓、牛鍋屋――明治10年代の東京の学生生活と社会風俗を描いた日本近代文学の先駆的作品。坪内逍遥（1859-1935）は勧善懲悪を排して写実主義を提唱した文学理論書『小説神髄』とその具体化としての本書を著し、明治新文学に多大な影響を与えた。（解説＝宗像和重）
緑 4-2
岩波文庫

『当世書生気質』岩波文庫刊

坪内逍遙とゆかりのある人々

親友
高田早苗
※政治家、教育者、文芸評論家。衆議院議員、文部大臣、早稲田大学総長などを歴任。
対立
森鷗外
※文学観の違いから対立。「没理想論争」を展開。
坪内逍遙
センくに（養女）
士行（養子）
門弟
二葉亭四迷
島村抱月

負け惜しみが強い変人文豪

夏目漱石《なつめそうせき》

実は変人

漱石という名前はペンネームで、負け惜しみが強い変人という意味の故事「漱石枕流」に由来する。この名前は正岡子規から譲り受けた。

身長コンプレックス

漱石の身長は159センチ前後。明治時代の日本人は全体的に小柄だが、漱石はこの低身長にコンプレックスを抱いていた。

生没年月日	出身地
1867年2月9日～ 1916年12月9日	江戸牛込 （現・東京都新宿区）
特技・趣味	**プロフィール**
趣味は俳句。親友である俳人・正岡子規が居候し、句会を開いたことがきっかけとなり、生涯で約2500句もの俳句を詠んだ。	幼少期に里子として出され、東京帝国大卒業後、教師となる。その後、朝日新聞社に入社。代表作は『吾輩は猫である』『こころ』など。

イラスト／時々

夏目漱石はこんな人

神経衰弱を繰り返す元祖〝メンヘラ〟

生後まもなく里子に出されたり、養子になったり、また生家に戻ったりと不遇な幼少期を過ごした漱石。27歳の頃には大失恋のため神経衰弱となり、東京から愛媛へと引っ越し。結婚してからも妻のヒステリーに病み、英国留学中にも留学費の不足と孤独感から神経衰弱に陥る。その後も胃痛に悩むなど、常に神経衰弱を繰り返す〝メンヘラ体質〟であった。

まさかのDV発覚 しかし7人の子供のパパ

漱石が32歳の時に長女・筆子が誕生してから、34歳で次女の恒子、36歳に三女の栄子……と、2男5女の合計7人の子供に恵まれたパパである。さぞかし夫婦仲が良いのかと思いきや、漱石は、持病の神経衰弱が原因で、妻の鏡子や子供に対して、暴力を振るうこともあった。いわゆるDVである。しかし、鏡子は「病気だから暴力を振るうだけ」と離婚は考えなかった。

読んだ気になる代表作ガイド

明治の終焉を描いた歴史に残る名作

友人に誘われて行った鎌倉の海水浴場で「私」は「先生」に出会う。どことなく暗く、心に闇を抱えていそうな先生のことが気になり、私は先生の家を訪れるようになる。そんなある日、父親の危篤の知らせを受けて帰省した私の元に、先生から手紙が届く。手紙には、先生はかつて叔父に両親の残した財産を奪われ、人を信じられなくなったこと。過去に親友Kと妻を取りあい、自分と妻が結婚することを知った親友Kが自殺してしまったことなどが綴られていた。私は先生の元に向かう……。

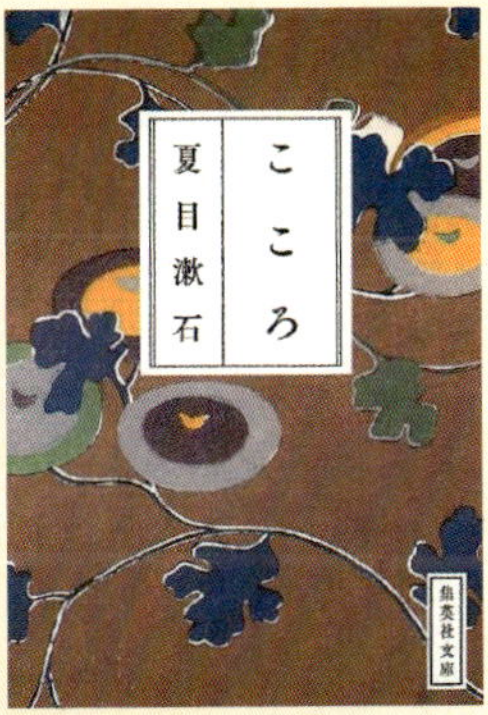
こころ
夏目漱石
集英社文庫

『こころ』集英社文庫刊

夏目漱石とゆかりのある人々

正岡子規
親友
夏目漱石
親友
池田菊苗
※のちに「味の素」を発明する化学者。イギリス留学時代に漱石と同じ下宿に滞在していた。
中根鏡子
筆子(長女)
門弟
芥川龍之介
内田百閒
寺田寅彦
久米正雄

つむじ曲がりな自虐的文士

二葉亭《ふたばてい》四迷《しめい》

誰もが認める強面の持ち主

上背があり、肩幅が広く、四角い大きな顔に、つり上がった眉毛と切れ長の目、そして大きな口という容姿で自他ともに認めるコワモテ。

異様なほどの読書家

常に枕もとには本をたくさん置き、目が覚めれば、いつでも読書したくらいの読書家。ゆえに学問もよくできた秀才だった。

生没年月日	出身地
1864年4月4日〜 1909年5月10日	江戸市ヶ谷 （現・東京都新宿区）
特技・趣味	**プロフィール**
高校時代、ロシアとの間に結ばれた千島樺太交換条約がきっかけで、ロシア語に興味を持ち、のちにツルゲーネフ作品を翻訳する。	士官学校を3度受験するが失敗。東京外大を卒業後、内閣官報局の官吏となる。その後、朝日新聞社に入社。代表作は『浮雲』。

イラスト／汐街コナ

二葉亭四迷はこんな人

こじれた自意識を持つ自虐的かつ面倒くさい男

「『浮雲』は金のために書いた」と、二葉亭四迷は再三言っている。確かに、代表作『浮雲』は当初、師である坪内逍遙の本名である坪内雄蔵名義で発売されている。ロシア文学に多大な影響受けつつも、「真実は小説では書けない」と常に文学を疑い、文士と呼ばれることを何よりも嫌った。他人に対してだけではなく、自分に対してもつむじ曲がりな面倒くさい性格であった。

二葉亭四迷の由来は意外なところから……

本名は長谷川辰之助。二葉亭四迷はペンネームである。坪内逍遥の名前を借りて『浮雲』を発売し、印税を得たことに対し、思わず出た自虐の言葉「くたばってしめぇ」。これが二葉亭四迷の由来だと言われている。そんな四迷は、朝日新聞社から特派員として日露戦争後のロシアに派遣されるが、病気により、帰国途中のベンガル湾上で客死。享年45歳。早すぎる死だった。

読んだ気になる代表作ガイド

日本の近代写実小説の先駆 主人公のキャラに大注目！

大学卒業後、役所で働き始めた内村文三は、叔父である園田家に下宿している。文三は、園田家の娘・お勢と許嫁のような関係であり、現にお勢に心惹かれている。ところがある日、文三はリストラにあい、職を失ってしまう。再就職を目指す中、同僚であった本田昇が現れ、「上司に復職を頼んでみようか？」と持ちかけられるが、ウジウジと内向的かつプライドが高い文三は断ってしまう。すると今度は、明るい性格でフレンドリーな本田がお勢と親密になっていく。三角関係の行方、文三の将来はどうなるのか……。

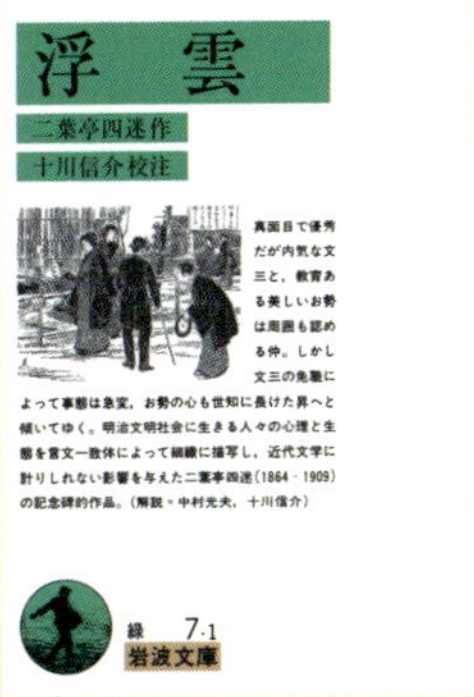

『浮雲』岩波文庫刊

二葉亭四迷とゆかりのある人々

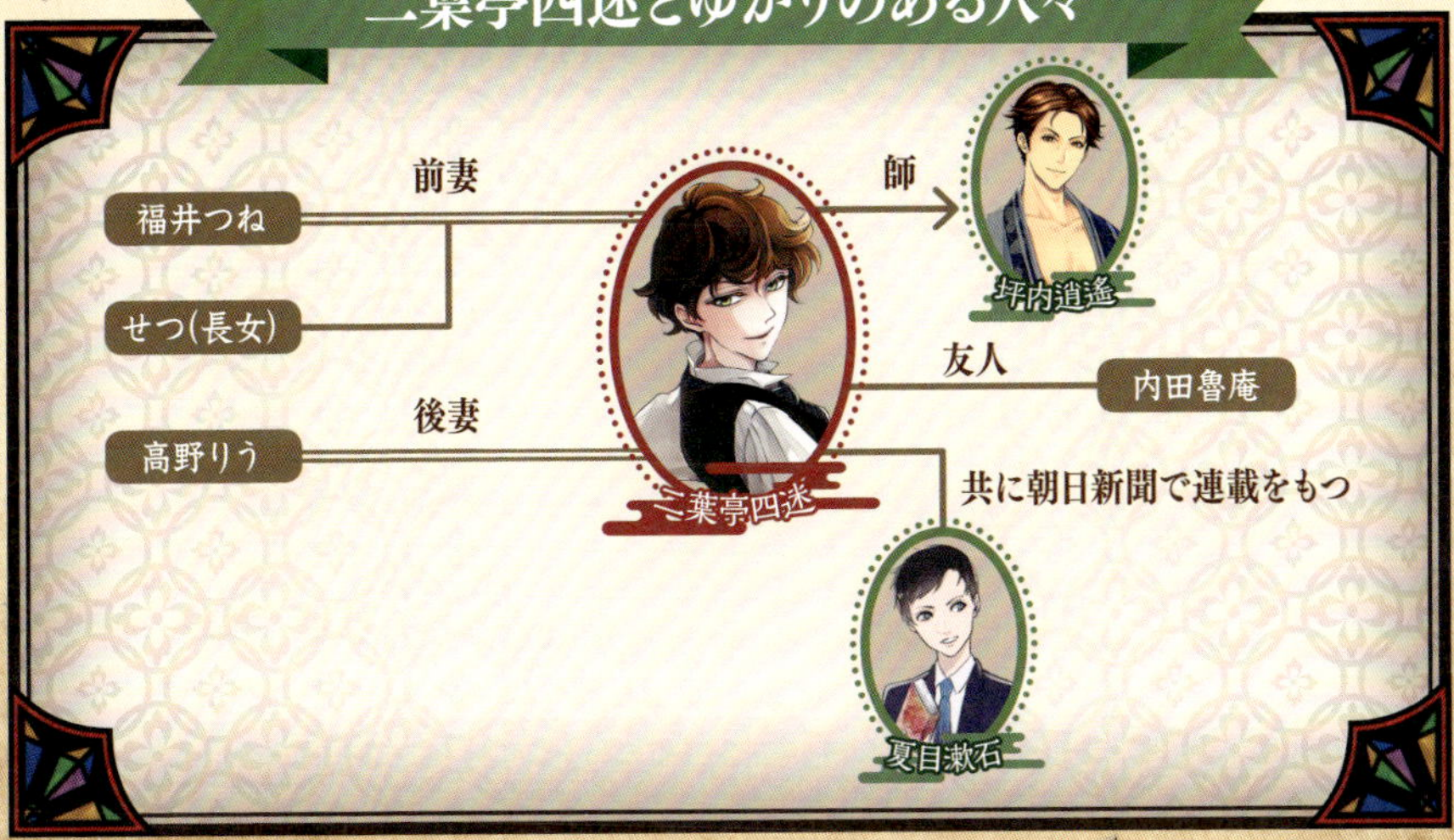

森《もり》鷗外《おうがい》

軍医かつ文人。二刀流の天才

超スーパーエリート

実年齢より2歳上に偽り、12歳で東京大学医学部に入学し19歳に卒業するなど、スーパーエリートとして類稀な才能を発揮した。

天才の味覚は変？

無類の甘党。饅頭をご飯の上にのせ、煎茶をかける「饅頭茶漬け」が好きだった。ご飯のおかずとして甘いものを食していた。

生没年月日	出身地
1862年2月17日～ 1922年7月9日	石見国津和野 （現・島根県津和野町）
特技・趣味	**プロフィール**
ドイツ留学中に方眼図の便利さを知った鷗外は、自ら東京の地図を制作する。その地図を、小説に登場させるなど地図好きな一面も。	東京大学医学部卒業後、軍医となる。公務の傍ら、数々の名作を残す。代表作は『舞姫』『ヰタ・セクスアリス』『高瀬舟』など。

イラスト／夏生

森鷗外はこんな人

ビールを飲むのにも好奇心がとまらない

大学卒業後、ドイツに留学をした鷗外は、現地で毎日のように酒場や友人宅で酒を酌み交わし、ドイツビールを好きになっていく。そして、生粋の探究心と真面目さから「ビールを飲むとトイレが近くなるのはなぜか？」という「ビールの利尿作用」についての研究を発表した。ただ飲むだけじゃ物足りない。ここでも鷗外の持ち味である二刀流の要素は際立っていた。

国内、国外問わず派手な女性関係

最初の妻・赤松登志子が長男を産むと、妻の容姿が気に入らないという理由で離婚した鷗外。再婚した荒木志げは、美人で有名な大審院（最高裁判所）判事の娘。年齢も鷗外40歳、しげ22歳と18歳差の年の差婚だった。その他にも、ドイツ留学中に恋に落ちたエリーゼが『舞姫』のモデルになったりと、女性の噂が絶えないモテモテの人生だった。

読んだ気になる代表作ガイド

自身の体験をもとにした鷗外のデビュー作『舞姫』

父を早くに失い、母ひとりで育てられた太田豊太郎は、大学を卒業後、某省に入り、医学を学ぶためベルリンに留学する。そこで出会ったのが、踊り子のエリス。お金に困っていたエリスを助けたことから2人は親しくなる。

しかし、この関係が留学仲間の中傷を受け、豊太郎は免職となる。親友・相澤謙吉の紹介により、なんとか翻訳の職を得て、日々をやり過ごすが、そんな折、エリスの妊娠が発覚。「今までの経歴を無駄にするな。別れろ」と忠告する相澤と、エリスとの間で悩む豊太郎。彼の出した答えとは……。

阿部一族・舞姫
森鷗外

『阿部一族・舞姫』新潮文庫刊

森鷗外とゆかりのある人々

遠縁
西周
※哲学者、啓蒙思想家。
親友
賀古鶴所
※軍医、歌人。
前妻
赤松登志子
於菟（長男）
後妻
志げ
不律（次男）
茉莉（長女）
類（三男）
杏奴（次女）
森鷗外
対立
坪内逍遙
陸軍
山縣有朋
※政治家、陸軍軍人、首相。

正岡《まさおか》子規《しき》

俳句と短歌を愛した漱石の親友

享年35歳の短い人生

結核と闘いながら、仲間と共に俳句や短歌の革新運動を推進する。晩年は寝たきりだったが、創作への情熱は失うことがなかった。

コンプレックスは目!?

正岡子規といえば、横向きの写真が有名。これは、目が離れていることをコンプレックスに思い、横顔で撮影したとの説がある。

生没年月日	出身地
1867年10月14日～ 1902年9月19日	伊予国温泉郡藤原新町 （現・愛媛県松山市）
特技・趣味	**プロフィール**
趣味は野球で、名キャッチャーだった。随筆では野球のルールや打者・走者・死球などの訳語を紹介。野球の普及に貢献した。	4歳の頃に父が死に、母子家庭で育つ。東京大学中退後、日本新聞社で記者となる。代表作は俳句『柿くへば鐘が鳴るなり法隆寺』。

イラスト／佐々子

正岡子規はこんな人

お互いに認めあう 漱石と子規の友情

大学予備門に入学した後、夏目漱石に出会う子規。同い年で、寄席の話をするうちに親しくなっていく。子規の死後、漱石は「子規という奴は、よく人のものを直したり、批評したがる奴であった。僕が俳句を作ったといって見せると、すぐ改作したり○をつけたりしてよこす」と話している。漱石は大真面目だが、どこかユーモアのある子規のことが好きだったようだ。

その豊かな人望で 仲間と共に駆け抜けた人生

日清戦争が勃発すると、新聞記者の子規は大陸へと渡るが、戦争はすでに終結。帰国する船の中で結核が悪化したため愛媛に帰郷し、中学教師の漱石と共同生活をする。その後、再上京し、東京根岸で句会や歌会を開き、漱石や鴎外のほか高浜虚子や河東碧梧桐などの俳人や、伊藤左千夫、長塚節などの歌人を集い、俳句や短歌の世界を盛り上げるために最後まで活動した。

読んだ気になる代表作ガイド

奈良で詠まれた 友人・漱石への返句

「柿くへば鐘が鳴るなり法隆寺」は、生涯に約20万を超える句を詠んだ子規の作品のうち、最も有名な句。大陸から帰国した子規は、愛媛県松山で静養した後、再上京する途中で、奈良の法隆寺に立ち寄っている。その時、入った茶店で柿を食べて休んでいると、法隆寺の鐘が鳴り、その響きに秋を感じたというのが句意である。秋の季語は柿。ちなみに子規は柿が大好物だった。また、この句は親友の夏目漱石が詠んだ「鐘つけば銀杏ちるなり建長寺」への返句だったのではないかと推測されている。

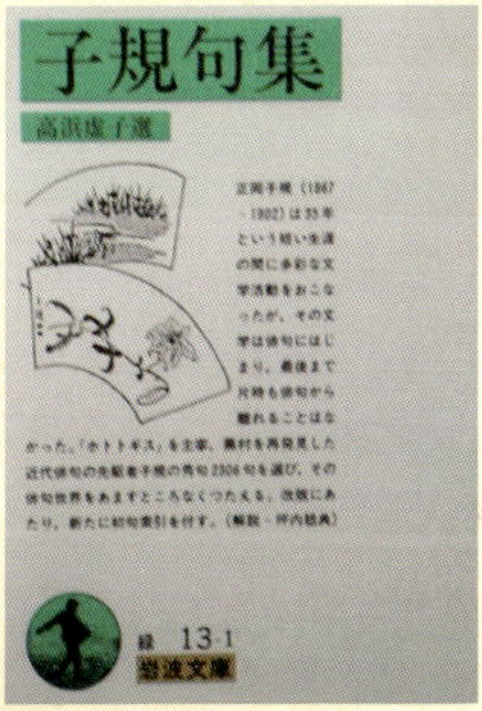
子規句集
高浜虚子選
13·1
岩波文庫

『子規句集』岩波文庫刊

正岡子規とゆかりのある人々

夏目漱石
親友
ライバル
与謝野鉄幹
親友
中村不折
※洋画家、書家。
家族
正岡子規
門弟
八重（母）
律（妹）
〈根岸短歌会〉
高浜虚子
河東碧梧桐
〈日本派俳人〉
伊藤左千夫
長塚節

島崎《しまざき》藤村《とうそん》

危険な恋愛がとまらない

実はキリスト教徒

明治学院普通部本科（現在の明治学院大学）に入学した藤村は、牧師である木村熊二によって洗礼を受けキリスト教に入信する。

逃亡癖あり？

教え子に恋をして罪悪感から教師を辞職したり、姪を妊娠させてパリに逃げたり、事あるごとに逃げる「逃走癖」がみられる。

生没年月日	出身地
1872年3月25日～ 1943年8月22日	筑摩県第八大区五小区馬籠村 （現・岐阜県中津川市馬籠）
特技・趣味	**プロフィール**
教師時代に雑誌『文學界』に参加し、劇詩や随筆を発表した後、詩集『若菜集』を発表。詩人としての才能が開花する。	幼い頃から父親に論語や孝経を学び、英語教師を経て、雑誌『文學界』に参加。詩人・作家となる。代表作は『破戒』『夜明け前』。

イラスト／猫屋くりこ

島崎藤村はこんな人

次から次へと危険な恋愛のオンパレード

「恋愛は人生の秘鑰《ひやく》なり」という書き出しで始まる北村透谷の恋愛至上主義の評論に感動。その言葉通り、藤村は教師時代に教え子に恋をし、自責の念にかられ、教師を辞職する。その後、結婚するが、妻の死後、姪のこま子との間に子供ができるなど、禁断の恋愛をすることも多かった。こま子との恋愛をもとに『新生』を発表。恋愛が藤村に与えた影響は大きかった。

タブーに惹かれるのはその血縁にあり？

姪と関係を結んでしまった藤村だが、実は藤村の父親も、腹違いの妹と近親相姦の関係にあったといわれている。また、その事実を知り苦悩した藤村の母親が不倫をして生まれたのが、藤村のすぐ上の兄・友弥。タブーだらけの歪んだ家族関係の中にいた藤村は、このことを「親譲りの憂鬱」と言い、たびたび小説のテーマにしている。業の深い家族を持つと大変である。

読んだ気になる代表作ガイド

被差別部落問題が題材のある青年の葛藤の物語

信州の被差別部落で生まれた瀬川丑松は、父から生い立ちを隠して生きるよう戒めを受けて育つ。その戒めを守り、小学校教師になった丑松は、同じく被差別部落に生まれた思想家・猪子蓮太郎の著書にある毅然とした生き方に感銘を受け、慕うようになる。

ある日、父が亡くなり、丑松は蓮太郎にだけは、自分の出自を打ち明けようと思うが決心がつかない。やがて、学校で丑松が被差別部落出身という噂が流れ始める。そんな折、蓮太郎が暴漢に殺される。ショックを受けた丑松は生徒たちの前で出自を告白する。

島崎藤村
破戒
新潮文庫

『破戒』新潮文庫刊

島崎藤村とゆかりのある人々

秦冬子
前妻
加藤静子
後妻
島崎こま子
姪・愛人
島崎藤村
友人
北村透谷
※評論家、詩人。
星野天知
※評論家、小説家。

文壇の一時代を築いた秀才

幸田露伴《こうだろはん》

幼少期は病弱

生まれた時から病弱で、日常的に医者の世話になっていた。何度も生死の境をさまよったが、80歳で亡くなるまで長生きした。

100年に一度の頭脳

かつて慶應大学塾長の小泉信三博士に「100年に一度の頭脳」と言われた露伴。その功績は第1回文化勲章受賞を受賞するほど。

生没年月日	出身地
1867年8月22日〜 1947年7月30日	江戸下谷 （現・東京都台東区下谷）
特技・趣味	**プロフィール**
大の釣り好き。釣るだけでは飽き足らず、釣り用具や釣りに関わるすべてを研究し、『釣車考』など釣りの随筆も発表している。	電信修技学校卒業後、北海道で電信技師として働いた後、作家となる。代表作に『五重塔』『風流仏』など。作家・幸田文の父。

イラスト／百山百

幸田露伴はこんな人

人間の幸せを考えて『努力論』を発表

明治から大正にかけて、失敗や悩みにとらわれて憂鬱になっている沢山の人を見かねて、彼らに少しでも健やかな人生を送ってほしいと書かれたのが『努力論』。露伴は「惜福・分福・植福」と説き、福がきたら使い尽くさずに、福を分け与え、福となるような善い行いをする。そうすれば幸運が巡ってくると言う。そんな露伴の生きる術が、人々の胸を打った。

幸田文を立派に育てた元祖イクメンだった

露伴の娘である作家・幸田文。彼女の母は露伴の最初の妻だが、6歳の時、病気で亡くなる。再婚した継母は家事が苦手。兄弟が多く、自身も小さい頃から家事をしてきた露伴は文に、掃除、洗濯、食事など家事を教えこむ。それは拭き掃除、障子貼り、薪割り、庭の草取りにまで至った。娘のしつけとして家事を教え込んだ露伴は元祖イクメンといえる。

読んだ気になる代表作ガイド

男の意地と執念を描いた短編の傑作

主人公は「のっそり」とあだ名される大工の十兵衛。腕は確かだが、無口で世渡り下手な性格である。ある日、谷中にある感応寺で五重塔を建てることになったと、大工の親方・源太に聞く。十兵衛は「どうしても自分に五重塔を建てさせてくれ」と寺の上人に懇願し、許される。

しかし、人望のない十兵衛に周囲はついてこない。そんな折、十兵衛は襲われて片耳を失う。それでも仕事を休まない彼の姿勢に周りが変わっていく。そして五重塔の完成前夜、嵐がきて塔が倒れそうになるが……。

五重塔
幸田露伴作
技量はありながらも小才の利かぬ性格ゆえに、「のっそり」とあだ名で呼ばれる大工十兵衛。その十兵衛が、義理も人情も捨てて、谷中感応寺の五重塔建立に一身を捧げる。エゴイズムや作為を超えた魔性のものに憑かれ、翻弄される職人の姿を、求心的な文体で浮き彫りにする文豪露伴(1867－1947)の傑作。(解説・桶谷秀昭)
緑 12-1
岩波文庫

『五重塔』岩波文庫刊

幸田露伴とゆかりのある人々

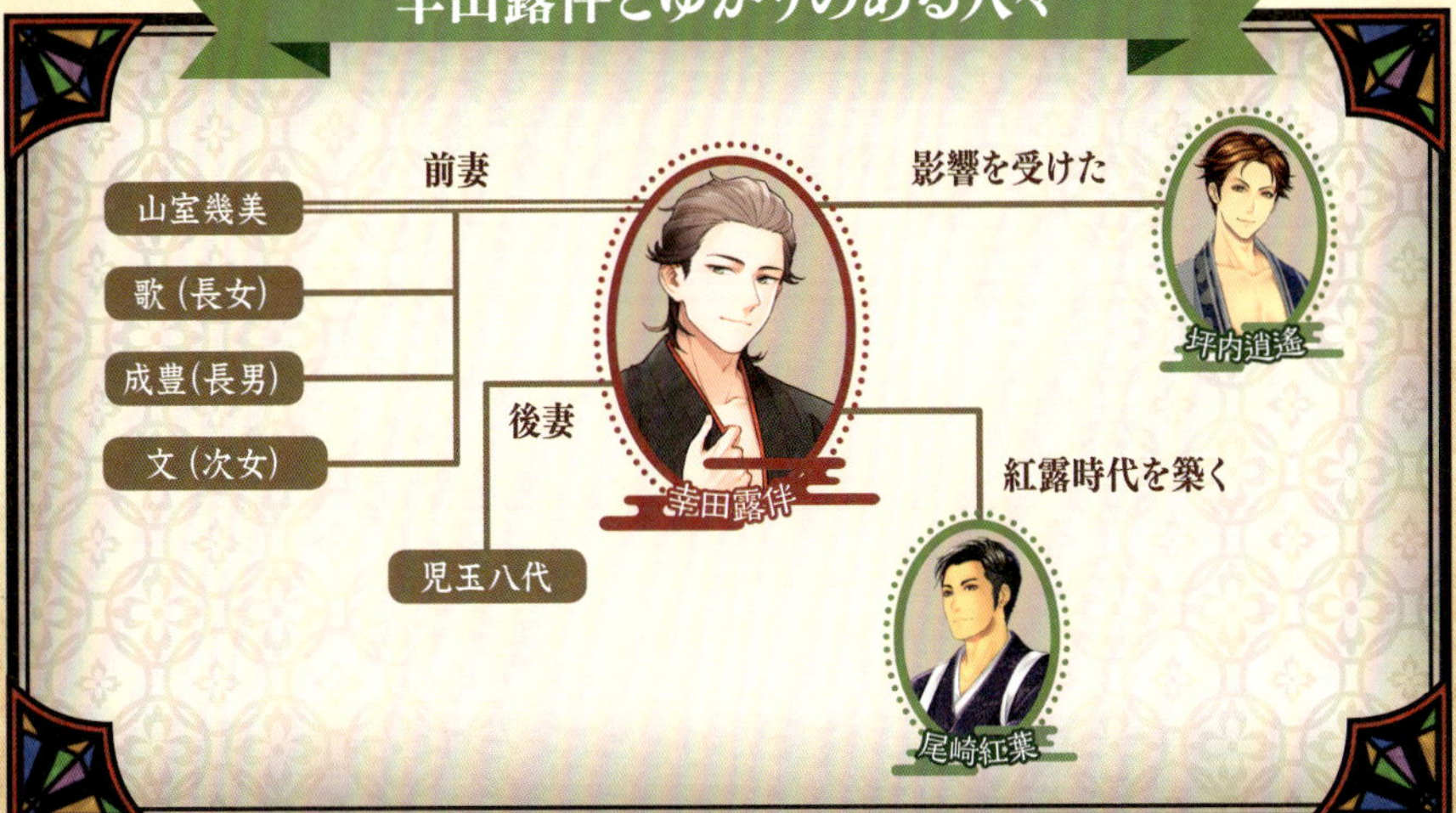
前妻
山室幾美
歌（長女）
成豊（長男）
文（次女）
後妻
児玉八代
幸田露伴
影響を受けた
坪内逍遙
紅露時代を築く
尾崎紅葉

編集者から作家に転向

国木田独歩《くにきだどっぽ》

熱血漢で人情家

思いこんだら一心不乱に行動する情熱的。わがままでかんしゃく持ちな性格の一方で、やんちゃで涙もろい人情家でもあった。

あだ名はガリ亀

いたずらっ子だった独歩は、喧嘩の時に相手を爪で引っ掻くことから「ガリ亀」と呼ばれた。幼名は亀吉、のちに哲夫と改名。

生没年月日	出身地
1871年8月30日〜 1908年6月23日	千葉県銚子 （現・千葉県銚子市）
特技・趣味	**プロフィール**
編集者として、今も発刊されている雑誌『婦人画報』の立ち上げにも関わっていた。また、自身で出版社の経営もしていた。	早稲田大学中退後、新聞記者や編集者をしながら創作活動を行い、自然主義文学の先駆者となる。代表作は『武蔵野』。

イラスト／ムラシゲ

国木田独歩はこんな人

逃げた妻を追いかける ストーカー気質!?

晩餐会で出会った佐々城信子と恋に落ちる。周囲の反対を押し切り、駆け落ちの状態で2人は結婚。しかし、お嬢様の信子にとって、貧しい生活は耐え難くわずか5カ月で逃げ出す。独歩は「信子を殺して自分も死ぬ覚悟で会いにいく」と狂気のように信子を探しまわる。いわばストーカー気質の持ち主だったのだ。結局、独歩は未練を引きずりながらも離婚を承諾した。

決して愚痴をこぼさない 独歩が初めて泣いた日

独歩の小説は、亡くなる少し前までまったく人気がなく日々生活に困窮していた。その間、新聞記者をしたり、編集者として雑誌を作ったり、独歩社という出版社を立ち上げるものの翌年には倒産してしまう。今までどんな苦境でも愚痴をこぼさなかった独歩が、倒産前に親友の田山花袋の励ましの言葉を聞き、声をあげて泣いた。37歳で死去する2年前の出来事であった。

読んだ気になる代表作ガイド

自然文学の代表作と名高い 詩情に溢れた短編集

四季折々の武蔵野の風景と詩趣を、感覚的、客観的、写実的に描写した9章からなる短編小説集である。

第4章では、ツルゲーネフの『あいびき』から文章を引用して、ロシアの野と武蔵野の野の光景を比較し、その美しさを説く。

第5章では、友人から来た手紙の中に道についての一節があると、「武蔵野に散歩する人は、道に迷うことを苦にしてはならない。どの路でも足の向くほうへゆけばかならずそこに見るべく、聞くべく、感ずべき獲物がある」と、武蔵野の美が語られている。

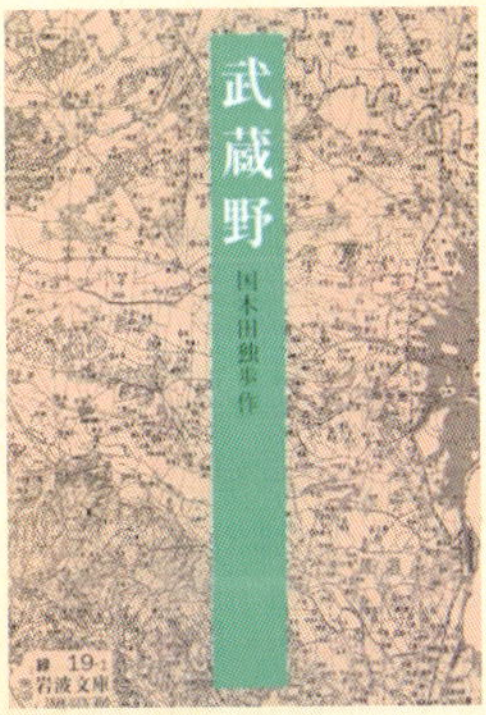

武蔵野
国木田独歩作
岩波文庫

『武蔵野』岩波文庫刊

国木田独歩とゆかりのある人々

国木田独歩
会社の上司
徳富蘇峰
※評論家、史学家。民友社を結成。
前妻
佐々城信子
後妻
榎本治
愛人
奥井君子
親友
田山花袋
ライバル
有島武郎
※佐々城信子をモデルに『或る女』を書く。
弟
国木田収二

下流社会の暗部を描いた

広津《ひろつ》柳浪《りゅうろう》

かなりの空想家

「父は空想家で、あんまり現実のことを考えていなかった。常にどうにかなると思っていた」と息子の広津和郎は言っている。

酒と女が好き

最初の妻とは死に別れ、2度の結婚を経験しているが、官吏をしていた若い頃には酒と女性に溺れるかなりの遊び人だった。

生没年月日	出身地
1861年7月15日〜 1928年10月15日	肥前国長崎材木町 （現・長崎県長崎市）
特技・趣味	**プロフィール**
医者になることを断念し、官吏になるも免職。職を転々として作家となるが、晩年は作家もリタイアする変わり身の早さだった。	東京大学医学部科予備門に入るが中退。農商務省の官吏になるが免職となり、放浪後、作家となる。代表作は『今戸心中』『黒蜥蜴』。

イラスト／シキユリ

広津柳浪はこんな人

暗い性格ではあったが尾崎紅葉に認められる

農商務省の官吏を免職後、数年の放浪時期を経て、文学同好会・硯友社の同人となり、『残菊』という作品で認められる。しかし、年長者だったため、暗い性格も相まって、他の同人となかなかなじめなかったという。柳浪の作品は、悲惨小説、深刻小説などと言われたが、批評家からは「紅葉をしのぐ。樋口一葉と並ぶ」などと非常に評判が高かった。

貧乏暮らしをするが悲壮感はなかった

文壇が自然主義時代になり、硯友社派の柳浪の時代は去っていく。不器用な柳浪は自分の作風以外の小説を書くことはなく、家の生活が逼迫してくるのは当然だった。柳浪の息子で作家・広津和郎は、「父は自分の時代が去ったことについて負け惜しみも、貧乏の弁解も口にしなかった」と言う。家賃滞納で家を追い出されつつも、柳浪の鷹揚とした態度は変わらなかった。

読んだ気になる代表作ガイド

柳浪ならではの文体が読ませる吉原で生きた娼妓の物語

吉原の娼妓・吉里は、惚れていた平田という男が郷里に帰ることになったため、二度と会えないという事実に落ち込んでいた。そんな時、吉里に惚れて足繁く通ってくる善吉に「今日が最後だ」と言われる。善吉は吉原に通いつめたため、稼いだお金をすべて使い果たしてしまったのだ。

これまで善吉を嫌いだった吉里だったが、善吉の想いを知り、身銭をきって善吉をもてなし、吉里も自分のお金を使い果たしてしまう。

吉里は吉原から姿を消す。しばらくして川から女の死体があがるのだった。

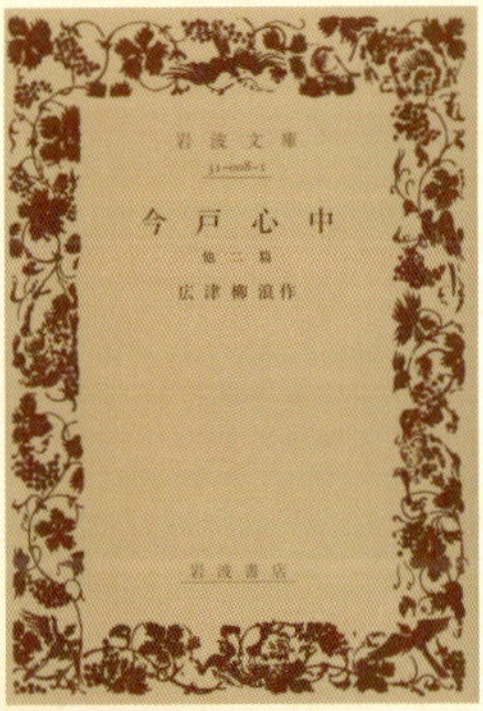

『今戸心中 他二篇』岩波文庫刊

広津柳浪とゆかりのある人々

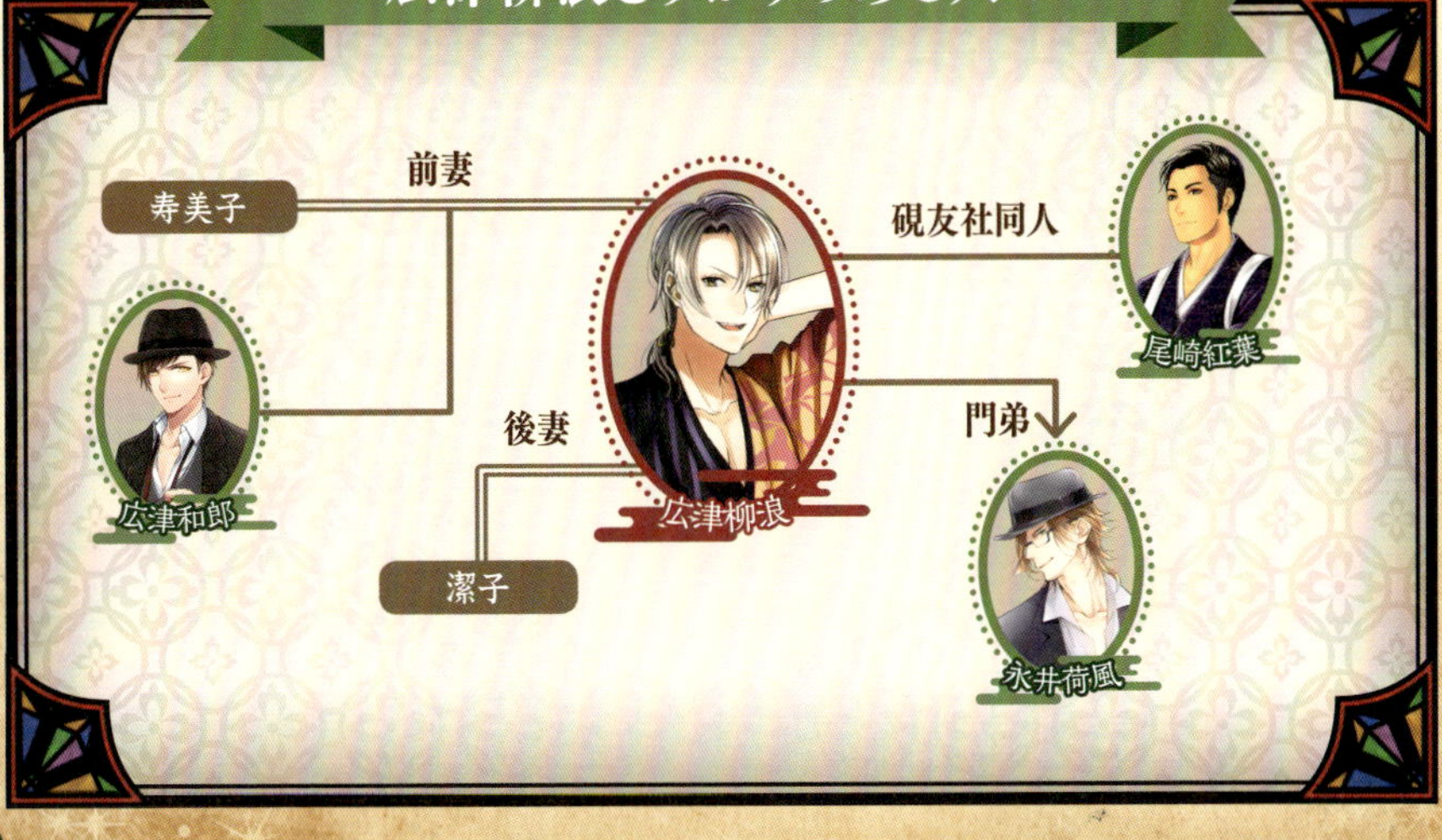

時代を牽引するリーダー

尾崎紅葉《おざき こうよう》

親分肌で慕われた

日本最初の文学結社・硯友社を設立。泉鏡花や田山花袋、徳田秋聲など、20代にして数多くの門下生を抱える親分肌だった。

コンプレックスは父

父親の職業は幇間。太鼓持ちや男芸者とも呼ばれた。幼少期に貧困生活を送ったからか、紅葉は父の職業を恥じ、友人にも隠した。

生没年月日	出身地
1868年1月10日～1903年10月30日	江戸　芝中門前町（現・東京都港区浜松町）
特技・趣味	**プロフィール**
明治20年代には、幸田露伴と共に「紅露時代」を築き、明治期の文壇を引っ張っていくなど、常に時代の先端を走っていた。	幼い頃に母と死別。17歳で硯友社を設立後、読売新聞社に入社。東京大学を中退する。代表作は『金色夜叉』『多情多恨』など。

イラスト／トミダトモミ

尾崎紅葉はこんな人

驚異的な人気を誇る作品にはモデルがいた

紅葉の代表作にして、執筆途中で病に倒れ、未完で終わった小説『金色夜叉』。この作品の主人公・貫一のモデルは、紅葉の友人である作家の巖谷《いわや》小《さざ》波《なみ》。お宮のモデルは小波の恋人・須磨である。小波がいるのに、須磨はお金持ちの息子に嫁いでしまい、憤慨した紅葉が須磨を実際に蹴飛ばしたことが熱海の名場面のヒントとなる。紅葉は短気だが仲間思いだった。

家よりも住まいよりも食にこだわった

食べ物について、こだわりを持っていた紅葉。好きな食べ物は、漬け物、くさや、薩摩芋。甘鯛の照り焼き、中華の鶉椀など沢山あった。なかでも、漬け物にはうるさく、友人や弟子の妻が漬けた漬け物を食べ、ダメだしをすることもあった。また、金ぷらと呼ばれる天ぷらの衣に卵黄を加えて黄色っぽく揚げたものは特に好物で、店を訪れると何も言わずとも出てきたそう。

読んだ気になる代表作ガイド

世の読者が夢中になった〝昼メロ的〟大ヒット作

婚約者・鴫沢宮に裏切られた間貫一は、熱海の海岸で宮に「来年の今月今夜になったならば、僕の涙で必ず月は曇らしてみせる」と、彼女を蹴り飛ばして姿をくらます。

その後、貫一は宮への復讐のため、高利貸しとなり、持ち前の才覚で成功をおさめる。一方、富豪との虚しい結婚生活を送っていた宮は、偶然出会った貫一にまだ気持ちが残っていることを思い知らされ、許しを請うが、貫一は耳を貸そうとはしなかった。自分を責め続けた宮は……。（未完）

金色夜叉
上
尾崎紅葉作
緑 14-1
岩波文庫

『金色夜叉』岩波文庫刊

尾崎紅葉とゆかりのある人々

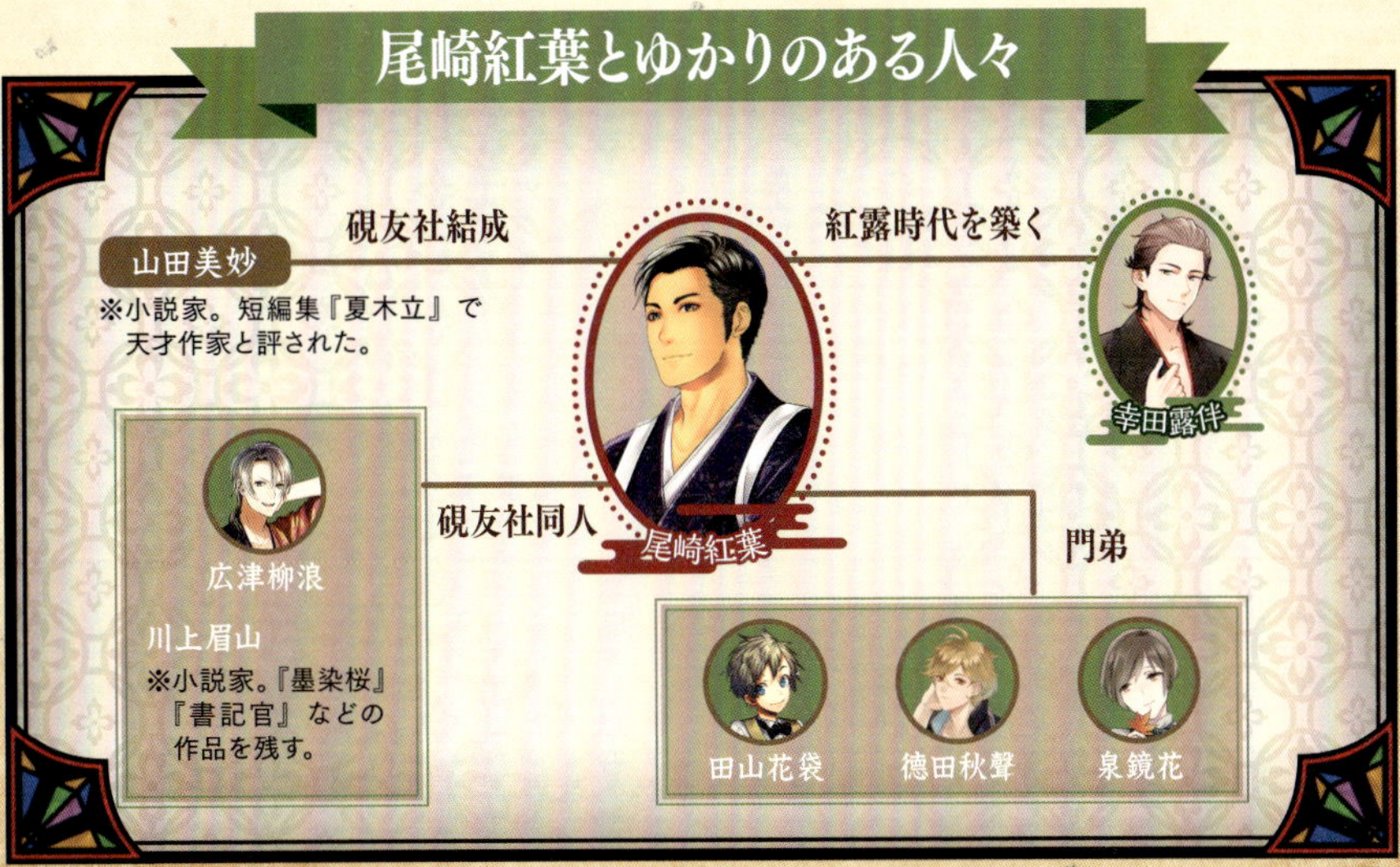

硯友社結成
山田美妙
※小説家。短編集『夏木立』で天才作家と評された。
紅露時代を築く
幸田露伴
尾崎紅葉
硯友社同人
広津柳浪
川上眉山
※小説家。『墨染桜』『書記官』などの作品を残す。
門弟
田山花袋
德田秋聲
泉鏡花

母への思いを作品に昇華

泉《いずみ》鏡花《きょうか》

いきすぎた？　潔癖症
母が病死した影響もあり、鏡花は極端なまでの潔癖症だった。キセルには妻がつくった紙製の使い捨てできる吸い口がついていた。

強い信仰心を持つ
神秘世界に惹かれた鏡花は信仰心も強く、神社仏閣の前では眼鏡をはずして一礼した。火除け、雷除けなど含め様々なお守りも集めた。

生没年月日	出身地
1873年11月4日～1939年9月7日	石川県金沢市下新町
特技・趣味	**プロフィール**
母から「自分の干支の向かい側にいる動物のものを持つといい」と言われて、生涯うさぎグッズを集めた。友人たちも協力したという。	彫金師の父と、能の太鼓方の娘である母のもとに生まれる。9歳の時に母が他界。その喪失感は鏡花文学に大きな影響を及ぼした。

イラスト／白鴉

泉鏡花はこんな人

弟子入りを志し上京するもヘタレで家を訪ねられない

16歳のとき、尾崎紅葉の『二人比丘尼色懺悔』を読んで文学を志した。弟子入りしようと上京したものの訪問する勇気が出ず、知り合いの家などを転々とする。つてを得て門を叩いたのは一年後。住み込みの弟子として玄関番になった。紅葉は鏡花を厚く庇護した。京都の新聞に連載された鏡花の処女作『冠弥左衛門』は悪評にさらされたが、紅葉は終了までかばい続けた。

亡き母＝摩耶夫人の幻想が作中女性に神秘性を与えた

9歳で母を亡くした鏡花。その後、父と石川県松任市（現・白山市）の行善寺にある摩耶夫人（釈迦の生母）像を見て、その姿が母の面影と結びつく。鏡花文学に登場する女性が、美しいだけでなく特別な神秘性を帯びていることは、このときの影響が強い。また後年、師・紅葉の死後に結婚した芸者は、母と同じ「すず」という名前だった。

読んだ気になる代表作ガイド

これぞ鏡花文学といえる幻想性と美しさに満ちた作品

飛騨の深い山を越えようと山中に入り込んだ若い聖（修行僧）。蛇や蛭に襲われつつ進むうちに一軒の家を見つける。家には夫婦だという美しい女と白痴の男が住んでいた。泊めてもらうことになった聖は、体を洗いに川に向かう。女に体を洗ってもらうと不思議な恍惚感に包まれるが、大蝙蝠や猿といった動物が次々と現れては女にちょっかいを出した。

翌朝、女と別れがたく思っていた聖は、馬引きのおやじに、昨日の動物たちはみんな女の力で姿を変えられた元人間だったと聞く。

高野聖
泉鏡花

『高野聖』集英社文庫刊

泉鏡花とゆかりのある人々

『鏡花全集』を編集
芥川龍之介
谷崎潤一郎
泉鏡花
師事
尾崎紅葉
師
かつての同門
徳田秋聲
高く評した
中島敦
伊藤すず

女の様々な生き方を描いた

徳田秋聲《とくだしゅうせい》

実は精力絶倫

女の生き様を描くのが得意だった秋聲は、私生活でも女性の噂が絶えず、愛人の一人からはその絶倫ぶりを暴露されていた。

孤独で憂鬱

幼い頃から病弱で、小学校へも1年遅れで入学しなければならなかった。そのため、ずっと憂鬱で孤独だったと秋聲は言う。

生没年月日	出身地
1871年12月23日〜1943年11月18日	金沢県金沢区横山町（現・石川県金沢市）
特技・趣味	**プロフィール**
趣味は社交ダンス。60歳の時にダンスをはじめ、ステップは正確でかなり上手だった。その様子は『町の踊り場』に記されている。	21歳で父親が亡くなると高等中学校を中退。尾崎紅葉の門下生となり、自然主義文学の代表作家となる。代表作は『あらくれ』。

イラスト／うおのめうろこ

徳田秋聲はこんな人

女性を描き分けられる その理由とは？

手伝いにきていた女性の娘・小沢はまと結婚し、彼女をモデルにした『足迹』を発表。妻が急死した後は、女弟子の山田順子と交際。順子との日々を描いた『元の枝へ』や『仮装人間』を発表する。しかし、この順子が竹久夢二や勝本清一郎とも恋愛を重ねてきた奔放な女性。結局、順子は他の男に走る。様々な女性の本性を見てきたからこそ、女性を描き分けられるのか。

分け隔てない人柄が 多くの作家に愛された

自然主義文学の旗手である秋聲も、モダニズム文学の台頭により次第に活躍の場が少なくなっていった。そんな秋聲を応援するために、井伏鱒二や尾崎士郎、室生犀星などが「秋聲会」を立ち上げ、秋聲に作品発表の場を与え、励まし続けた。このような援助により秋聲は再起し、晩年の円熟期を迎える。すべては分け隔てなく人に接する秋聲の人望からくるものだった。

読んだ気になる代表作ガイド

自らの人生を切り開く 力強い女性を描く

農家の養子として育ったお島は、気が強く積極的な性格。養親が勧めてきた入婿の話を断り、家を出る。その後、缶詰屋の鶴さんと結婚するが、小言が多く、他の男との関係を疑われて離婚。

缶詰屋を飛び出したお島は、旅館の主人・浜屋と恋に落ちるが、浜屋には別居している妻がいた。お島は妾にはならないと言い、家を飛び出す。その後、裁縫師の小野田と結婚して洋服屋を開業し、生きがいを見つけるが、小野田の浮気が発覚。夫を見限り、独立することを決意する。

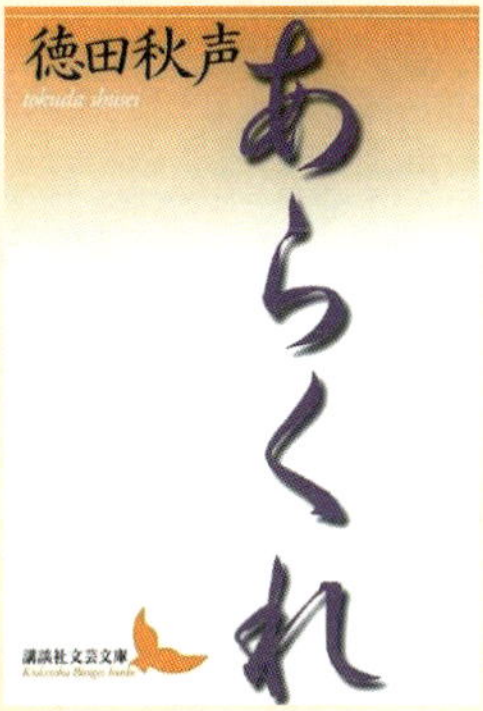
徳田秋声
tokuda shusei
あらくれ
講談社文芸文庫

『あらくれ』講談社文芸文庫刊

徳田秋聲とゆかりのある人々

友人
師
田山花袋
尾崎紅葉
小沢はま
愛人
徳田秋聲
秋聲会
山田順子
小林政子
井伏鱒二
室生犀星
尾崎士郎

日本の心性を愛し、見つめた 小泉《こいずみ》八雲《やくも》

「むじな」は幼児体験？

子供の頃、いとこに一瞬顔がなくなっているのを見て恐ろしかったと作品に記している。「むじな」成立には幼児体験も関わっていた？

寒いの苦手、超苦手

こよなく愛し、妻の地元でもあった松江を1年3カ月で離れたのは寒さに耐えられなかったから。その後は熊本、神戸、東京で暮らす。

生没年月日	出身地
1850年6月27日～1904年9月26日	ギリシャ・レフカダ島
特技・趣味	**プロフィール**
日本や日本風の生活を愛したが、食事は洋風を好んだ。八雲がよくビールを買っていた薬局は今も島根県松江市に残っている。	米国の雑誌特派員として来日するが、契約解消後、島根県松江中学校で英語教師に。小泉セツと結婚し、熊本、東京などでも暮らす。

イラスト／時々

小泉八雲はこんな人

憧れの人に職を紹介され日本で教師生活を始める

八雲が日本に惹かれるきっかけのひとつとなったのは、当時日本語と日本研究の権威とされていたチェンバレンが訳した『古事記』だった。来日後、特派員としての契約の内容に納得できず解消した八雲は、日本にいたチェンバレンに頼み、教師の職を紹介してもらった。その後も親しい付き合いが続いたが、チェンバレンは西洋至上主義で嚙み合わないこともあった。

妻と子供の将来を考えて帰化を決意「小泉八雲」に

当時は今からは考えられないぐらい国際結婚が難しい時代。来日して日本人女性と恋に落ちても、結婚まではしない外国人も多かった。八雲はセツと生まれた子供への財産権譲渡の問題など具体的な将来への不安から、正式な入籍を考えるように。セツは英語を話せないので連れて帰るわけにもいかず、自身が帰化を決意。翌年、申請が受理され「小泉八雲」を名乗った。

読んだ気になる代表作ガイド

セツから聞いた民話をもとに書いた「雪女」

ある冬、樵の巳之吉は猛吹雪で山を降りられなくなり、親方と一緒に山小屋に入る。その夜、目を覚ますと、真っ白な美しい女が冷たい息をかけて凍死させていた。女は巳之吉も同様にしようとするが、若くてきれいなのが哀れだと助けてくれる。そして、「他言すれば命はない」と言い残して去った。

数年後、巳之吉は「お雪」という美しい妻を娶り、たくさんの子供を得て幸せに暮らしていた。しかし、ある時ふとお雪に、山小屋で会った雪女の話をしてしまう。実はお雪はその雪女で、子供を託して溶けてしまった。

怪談
『怪談』偕成社文庫刊

小泉八雲とゆかりのある人々

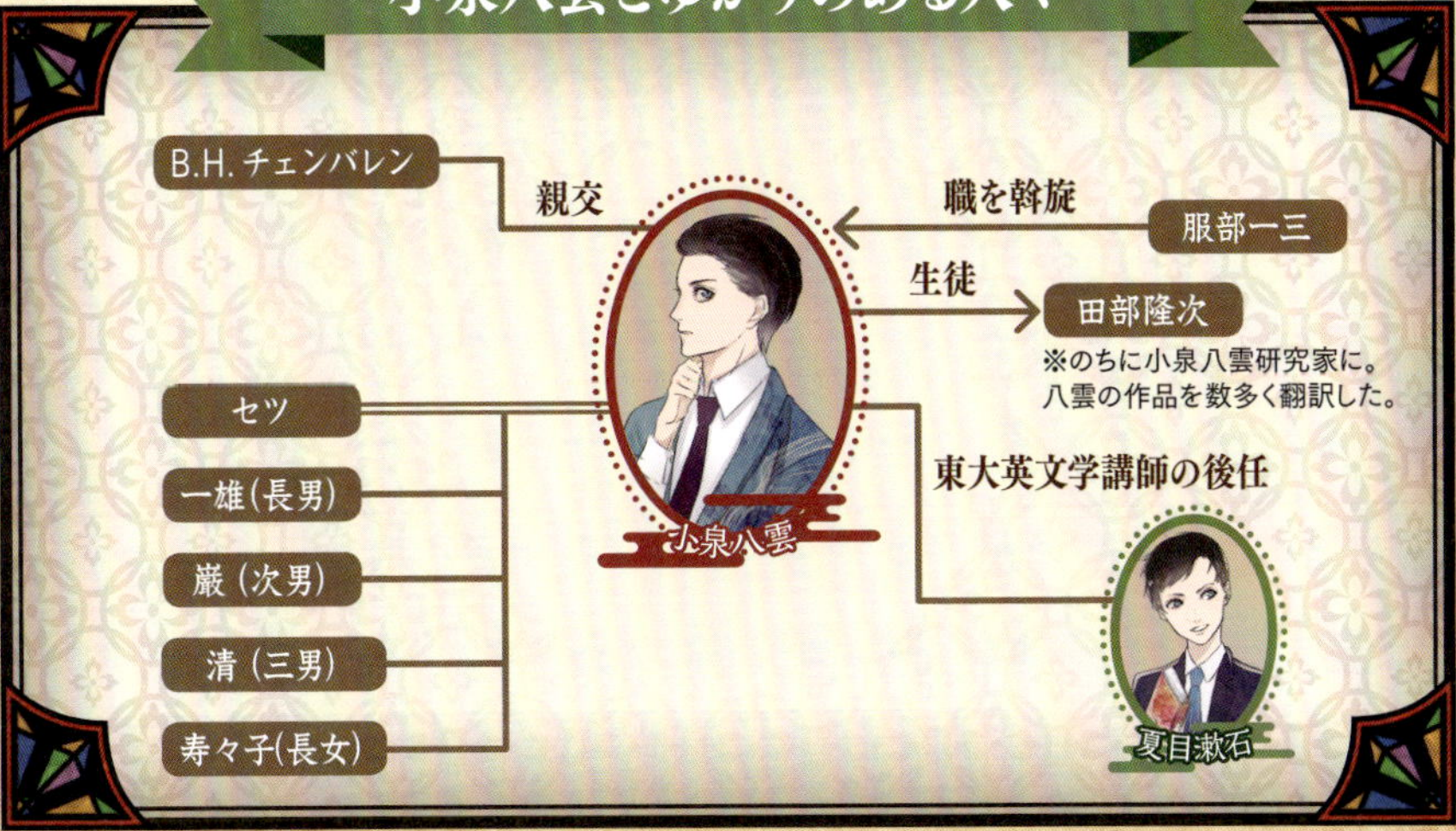
B.H.チェンバレン
親交
職を斡旋
服部一三
生徒
田部隆次
※のちに小泉八雲研究家に。八雲の作品を数多く翻訳した。
セツ
一雄(長男)
巌(次男)
清(三男)
寿々子(長女)
小泉八雲
東大英文学講師の後任
夏目漱石

近代日本を代表する大詩人

北原《きたはら》白秋《はくしゅう》

恋多き男

最初の結婚は28歳。翌年に離婚をして、31歳で再婚。5年ももたずに離婚した翌年に再々婚するなど、バツ2の恋多き男だった。

あだ名はびいどろ壜

幼少期のあだ名は「びいどろ壜」。病弱かつ割れやすいガラス瓶のように、人一倍神経は繊細で、独特な感覚の持ち主だった。

生没年	出身地
1885年1月25日～ 1942年11月2日	福岡県山門郡沖端村 （現・福岡県柳川市沖端町）
特技・趣味	**プロフィール**
かなりの引っ越し魔で有名だった。飽きっぽいのか、上京から8年間の間に計15回と、半年間に1度は引っ越しをしていた。	中学を卒業間際に退学して上京。早稲田大学入学後、学業の傍ら詩作に励み、処女詩集『邪宗門』を発表。詩壇の第一人者となる。

イラスト／猫屋くりこ

北原白秋はこんな人

家出を決意した父親との対立

酒や海産物を扱う商家に次男として生まれ、何不自由のない暮らしをしていた。しかし、ある日、店が火事で全焼。立て直しのための借金が重なり、北原家の財政が傾く。白秋は父に、文学の一切を禁止され、早くに亡くなった長男のかわりに店の立て直しを命じられるが、白秋はそれに激しく反発。父にバレないように上京計画を立て、家出同然で故郷を去り、詩人となる。

旦那に訴えられた人妻との秘密の恋

第一詩集『邪宗門』を出版した翌年、白秋は原宿に住む。その隣家にいたのが人妻の俊子だった。夫のDVで生傷が絶えなかった俊子への同情は、いつしか愛へとかわっていく。しかし、白秋は俊子の夫に姦通罪で訴えられ、2人は拘留される。示談が成立し、俊子の離婚後に晴れて結婚。しかし翌年には離婚。苦難を乗りこえて結ばれた2人だが幸せは長く続かなかった。

読んだ気になる代表作ガイド

新しい詩の形を示した官能的かつ鮮烈な言葉たち

『邪宗門』は白秋が24歳の時に発表した処女詩集。明治39年から41年に書いた121の作品を収録している。「われは思ふ、末世の邪宗、切支丹でうすの魔法。黒船の加比丹を、紅毛の不可思議国を、色赤きびいどろを……」から始まる「邪宗門秘曲」が代表的で、長崎・平戸などの九州旅行の際に触れた南蛮文化の影響を色濃く反映している。象徴的な言葉で、官能美や異国情緒など新鮮な感覚でうたっているこの作品は、石川啄木をして「今後の新しい詩の、基礎となるべきものだ」と言わしめた。

北原白秋詩集
神西清 編
新潮文庫

『北原白秋詩集』新潮文庫刊

北原白秋とゆかりのある人々

松下俊子
前妻
江口章子
前妻
佐藤菊子
後妻
隆太郎（長男）
篁子（長女）
北原白秋
友人
若山牧水
門弟
萩原朔太郎
室生犀星
大手拓次

若山《わかやま》牧水《ぼくすい》

旅と酒と自然を愛した歌人

健康優良児

幼い頃から地元の山や川や林で遊ぶ健康的な子供だった。鳥や獣を捕まえ、蕨やゼンマイを摘む。また釣りにも好んで出かけた。

ペンネーム牧水の由来

本名は若山繁。牧水は当時、愛していたもの2つをつなぎ合わせたもの。母親の名前である「マキ」と自然を流れる「水」だ。

生没年月日

1885年8月24日～
1928年9月17日

出身地

宮崎県東臼杵郡東郷村坪谷
（現・宮崎県日向市）

特技・趣味

旅と酒と自然を愛し、旅をしながら歌を詠み、日本各地に歌碑がある。また1日1升を呑むほどの酒好きで、酒を詠んだ歌も多い。

プロフィール

父が医師の家に生まれ、自然に囲まれた環境で育つ。新聞記者を経て、自然主義の歌人として名を広める。代表作は『別離』。

イラスト／唯奈

若山牧水はこんな人

スリッパを持ち帰りたいほど愛した女性がいた

牧水が23歳の時に園田小枝子に恋をする。交際が始まり、5年が経った頃、結婚するために牧水は家を用意するが、人妻であった彼女が来ることはなかった。その後、すべてを受け止めてくれた太田喜志子と結婚するが、小枝子への忘れられない未練を「小枝子に似た人が履いたスリッパを、ふところに入れて持ち帰りたい」という意の歌を詠んで表している。

北原白秋に石川啄木友人を大切にした

早稲田大学のキャンパスで出会ったのは北原白秋。同じ九州出身ということもあり意気投合し、同じ下宿先で寝食をともにするなど青春を共にし、切磋琢磨した関係であった。

また石川啄木との交流も深く、友人でただ一人、啄木の最期を看取り、啄木の葬儀の準備のために、役所や葬儀屋などを駆けまわった。常に友人思いな一面があった。

読んだ気になる代表作ガイド

多くの人々の共感を呼んだ人生の根幹に触れる秀句

『幾山河越えさり行かば寂しさの終てなむ国ぞ今日も旅ゆく』

牧水の代表作ともされるこの歌は、処女歌集『海の声』や第三歌集『別離』に収録。「いくつの山を越え、いくつの河を渡れば、この寂しさの果てる国にたどりつくのであろうか。私は今日も旅を続ける」が句意である。23歳の時に旅で詠んだもので、「人間の心には取りさることのできない寂寥が棲んでいるものである。行けども行けども尽きない道の様に、自分の生きている限りは続いている寂寥に打ち向かっての心を詠んだものである」と後に語っている。

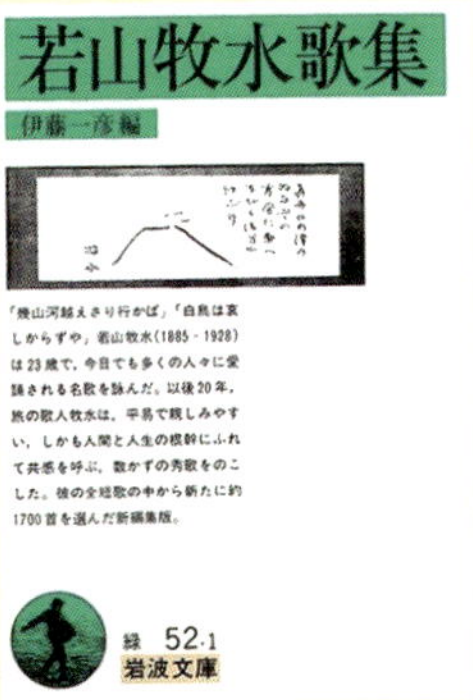
若山牧水歌集
伊藤一彦編
「幾山河越えさり行かば」「白鳥は哀しからずや」若山牧水(1885 - 1928)は23歳で，今日でも多くの人々に愛誦される名歌を詠んだ。以後20年，旅の歌人牧水は，平易で親しみやすい，しかも人間と人生の根幹にふれて共感を呼ぶ，数かずの秀歌をのこした。彼の全短歌の中から新たに約1700首を選んだ新編集版。
緑 52-1
岩波文庫

『若山牧水歌集』岩波文庫刊

若山牧水とゆかりのある人々

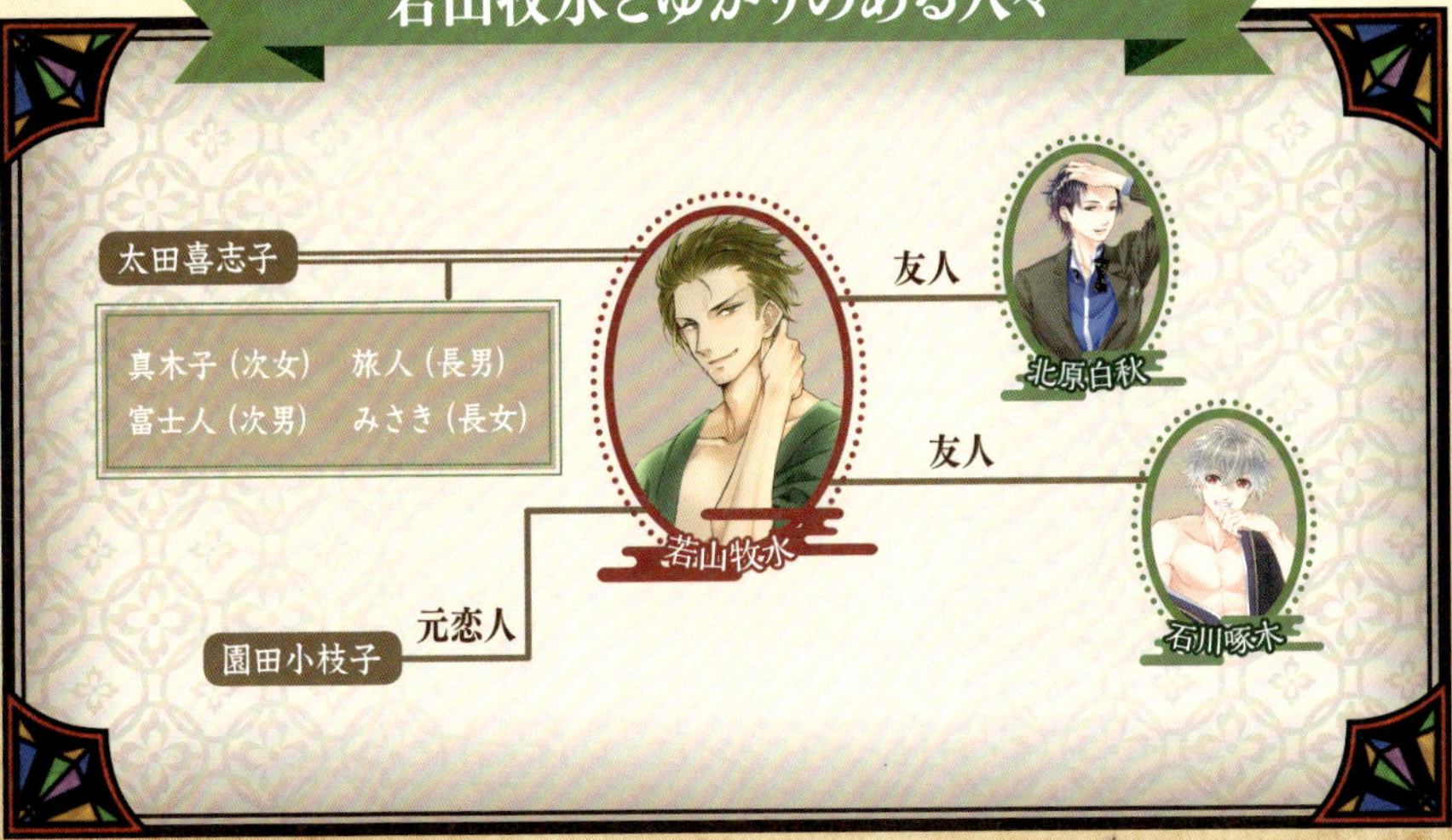
太田喜志子
真木子（次女）
旅人（長男）
富士人（次男）
みさき（長女）
若山牧水
友人
北原白秋
友人
石川啄木
元恋人
園田小枝子

「私小説」を生みだした作家

田山《たやま》花袋《かたい》

妄想大好き!?

『少女病』の中で、主人公の既婚男性は、朝の通勤電車で見かけた少女を見て妄想するのが好きと書いているが果たして花袋は……。

父は警察官

警察官であった父親に似て、正義感が強く、熱血漢だった花袋。その父親は、西南戦争で戦死したため、幼少期から苦労した。

生没年月日	出身地
1871年12月13日～ 1930年5月13日	栃木県邑楽郡館林町 （現・群馬県館林市）
特技・趣味	**プロフィール**
旅をこよなく愛し、小説だけではなく紀行文にも優れた作品を数多く残している。とりわけ温泉通として有名で、全国を巡った。	幼少期に丁稚奉公するなど苦労をして、やっと尾崎紅葉の硯友社に入門。記者や編集者をしながら執筆していた。代表作は『蒲団』。

イラスト／イノオカ

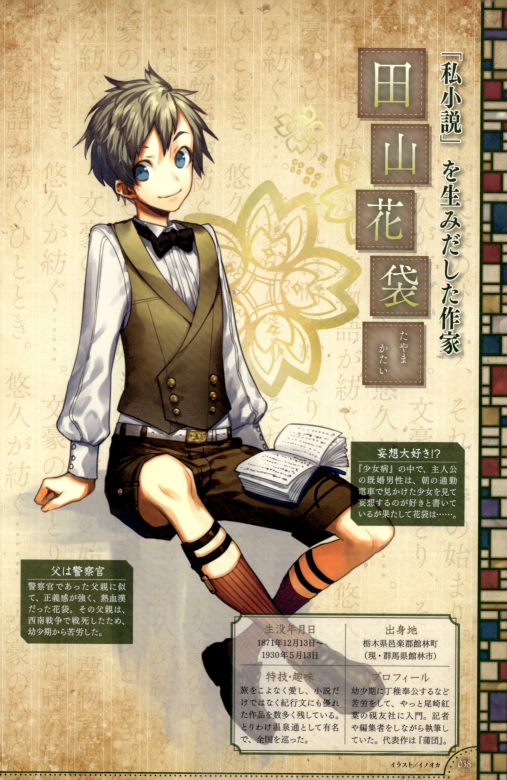

田山花袋はこんな人

死の間際でかわした親友・島崎藤村との会話

花袋が亡くなる前々日に、藤村がお見舞いに来た。苦しそうな息づかいの花袋に向かって「田山くん、死んでゆく気持ちはどうだね」と訊ねると、「なかなか単純な気持ちのものじゃない」と答えたと藤村は新聞に書いていた。しかし、近くにいた息子には「独りで行くのかと思うとさびしい」と聞こえたという。どちらにせよ、大変な中で答える花袋は好人物だった。

自分の経験をさらけ出しセンセーションを巻き起こす

代表作『蒲団』のヒロインにはモデルがいた。花袋の弟子の岡田美知代である。花袋は妻子持ちであったが、18歳の美知代を好きになってしまう。しかし彼女には若い恋人がおり、後に結婚をしてしまう。失恋した花袋はこの経験を小説に書くことを決め、自分のもとを去った女の蒲団の匂いをかぎながら泣く有名なシーンを生み出す。これが自然主義文学の方向を決定づけた。

読んだ気になる代表作ガイド

自己の体験を赤裸々に告白 私小説の出発点と評された『蒲団』

主人公は妻子を持つ中年作家・竹中時雄。時雄は、仕事への情熱もうすれ、単調な毎日につくづく飽きていた。そんな時、時雄の家に女学生の芳子が入門する。彼女の華やかな声とあでやかな容姿に、時雄の胸はときめき、徐々に好きになっていく。しかし芳子には、地元に田中という恋人がいた。なんとか芳子と田中を別れさせようとするが、結局、芳子は郷里に帰ることになってしまう。

時雄は家の二階にあがり、芳子の使っていた蒲団に顔を埋めて泣く。性欲と悲哀と絶望が時雄の胸を襲った。

『蒲団・一兵卒』岩波文庫刊

田山花袋とゆかりのある人々

文豪と食

太宰は大食漢で 川端は小食

「食べること」は生命維持に不可欠というだけでなく、娯楽であり文化でもある。文豪と呼ばれる作家たちもまた「食」に関する多くのエピソードを残している。

太宰治は健啖家、すなわち大食漢として知られる。弘前高校に通う学生時代は弁当と一緒にお椀3杯分の味噌汁を持参し、飲み干していたという。

また、知人から鮭をもらったときには大喜びし、妻にたったのひと切れも渡さず自分1人で食べたそうだから、食い意地も相当なものだったようである。

当時としては大きな体を持つ高村光太郎も大食漢だ。春になれば家の周りに生える野草を採っては、味噌汁やお浸しにして食べていたというからワイルドだ。

彼らとは逆に、小食で知られたのが川端康成だ。そのやせた体どおりの食の細さで、小さな弁当を4回にわけて食べていたという目撃談が複数の作家たちから上がっている。ただ、小食ではあるがおいしいものを食べるのは好きだったようで、戦中にあって鯨のカツレツや牛肉のすき焼きなどを食していたそうだ。

芥川龍之介はショウガが苦手だったという。その理由はショウガが腸によくないと考えていたからだ。知人からもらったケーキがショウガ入りだと知ると、それまでおいしく食べていたのに、急に腹を壊してしまったそうだ。

萩原朔太郎は、ビフテキを日本酒のつまみにするほど洋食が大好物。あるとき和食を「非栄養料理」であるとけなして、その席にいた芥川龍之介に「野蛮だ」と辟易されたという。

大正の文豪

耽美派と白樺派が大正を代表する文学に。中期から後期にかけては新現実主義が盛んになり、大衆小説が多くの人々に読まれるようになる。

新思潮派を代表する文豪

芥川龍之介《あくたがわりゅうのすけ》

服毒自殺

晩年は社会変動と病気により神経をすり減らし、「ぼんやりとした不安」を理由に服毒自殺。35歳の若さでこの世を去った。

芥川龍之介賞

純文学の新人に与えられる文学賞、通称「芥川賞」は彼の業績を記念したもの。1935年、友人の菊池寛によって創設された。

生没年月日	出身地
1892年3月1日～ 1927年7月24日	東京府東京市京橋区 （現・東京都中央区）
特技・趣味	**プロフィール**
愛煙家の文豪は数多く、彼もまたそのひとり。一日に180本もの煙草を吸っていたそうで、煙草をテーマにした作品も執筆している。	1916年、第四次『新思潮』で発表した『鼻』が夏目漱石に激賞され、文壇に登場。短編を中心に多くの傑作を残すも1927年に服毒自殺。

イラスト／時々

芥川龍之介はこんな人

養家・芥川家で養われた龍之介の文学的資質

生後7カ月のときに実母が発狂したため、龍之介は母方の実家である芥川家の養子となった。芥川家は、明治維新以前は江戸城のお数寄屋坊主（茶事の管理）を務めた旧家で、養父・道章の代になっても江戸の文人的・通人的趣味に通じていた。こうした家庭環境が龍之介の文学的資質の形成に大きく影響し、小学校時代から回覧雑誌を編集するなど非凡な文才を発揮していた。

養家の猛反対で散った初恋 作品に反映された厭世観

龍之介の初恋は、生家と親交の深かった吉田家の娘・弥生だった。幼馴染みだったふたりは、いつしか互いを憎からず思うようになり、結婚を意識する。しかし養家・芥川家が猛反対し、ふたりは破局することに。この失恋体験を通じ、龍之介は人の醜さやエゴイズムの根強さを思い知ったという。そして、厭世的な人生観を抱えた中で『羅生門』が執筆されたのだ。

読んだ気になる代表作ガイド

縁談の破談から生まれた芥川的愉快小説『羅生門』

平安時代、天変地異が続き荒廃していた平安京。職を失った下人は雨宿りのため羅生門を訪れた。楼閣に上がると、そこには若い女の死体から髪を引き抜く老婆の姿が。怒りを憶えた下人は、老婆に刀を突きつける。聞けば老婆は、髪をかつらにして売るつもりだったという。この女は生前に悪事を働いていたので、髪を抜かれても大目に見てくれるはずだ、と。すると下人は「では、俺がお前の着物を盗んでも恨まないだろう」と老婆の着物をはぎ取った。そして、足にすがりつく老婆を蹴り飛ばすと、夜の闇に消えていった。

芥川龍之介
羅生門・鼻
新潮文庫

『羅生門・鼻』新潮文庫刊

芥川龍之介とゆかりのある人々

久米正雄
山本有三
菊池寛
友人
文
比呂志（長男）
多加志（次男）
也寸志（三男）
芥川龍之介
師
夏目漱石
師
同門
内田百閒
憧れ
太宰治

理想郷を求めた思想の旅人

武者小路実篤《むしゃのこうじさねあつ》

公卿華族の出身

武者小路家は藤原北家の流れをくむ旧家。同人『白樺』のメンバーは学習院出身者が中心で、実篤をはじめ特権・上流階級に育った。

精力的な執筆活動

1908年の『望野』から60年近く執筆活動を続けた。小説以外にも戯曲・随筆・詩などを書き上げ、その数は6300篇以上とされる。

生没年月日	出身地
1885年5月12日～ 1976年4月9日	東京府東京市麹町区 （現・東京都千代田区）
特技・趣味	**プロフィール**
文学以外に演劇、思想など多分野に活動。40歳を過ぎた頃からは絵筆をとるようになり、独特の画風で多くの作品を残した。	1910年、志賀直哉らと同人雑誌『白樺』を創刊。小説『お目出たき人』『愛と死』などの代表作のほか、多くの人生論を著した。

武者小路実篤はこんな人

白樺時代をもたらした徹底的な自我肯定思想

自然主義に代わり、1910年代の文学を牽引した「白樺派」。その思想的特徴を最も表している作家が実篤とされている。青年時代の実篤はトルストイに傾倒し、自我の要求を「罪悪」と考えた。しかし、作家を目指す彼は禁欲的なヒューマニズムから脱して「自我肯定思想」を獲得。こうして白樺派の特徴である理想主義や個人主義などの作品が生まれることとなった。

実篤の理想郷「新しき村」の開村

第一次世界大戦が開戦した頃、実篤は自我肯定を保ちつつも、人道主義を掲げるようになる。「皆が一定の時間だけ働く代わりに、衣食住の心配から逃れ、金のいらない社会」を提唱。そして1918年、同志とともに宮崎県児湯郡木城村に共生農園「新しき村」を建設した。また1939年には埼玉県入間郡毛呂山町に「東の村」を建設。両村は現在も存在している。

読んだ気になる代表作ガイド

一方的で独善的な情熱が生んだ妄想に囚われる男

学習院卒の男「自分」は、女性経験がなく女性に飢える日々を送っていた。そんな彼の想い人は、近所に住む鶴。夢想家だった彼は、いつか自分は鶴と結ばれると信じて疑わなかった。彼女に3度求婚し、いずれも断られたが「それでも彼女は自分と結婚したがっている」と都合の良い解釈に終始する。ある時、偶然電車で鶴に会った彼は、運命を感じていよいよ鶴と結婚するのだと確信した。しかし、この5カ月後に鶴は金持ちの長男に嫁いでしまう。鶴の結婚を知った彼は、自分以外の男と結婚した鶴を憐れむのだった。

武者小路実篤
お目出たき人
新潮文庫
『お目出たき人』新潮文庫刊

武者小路実篤とゆかりのある人々

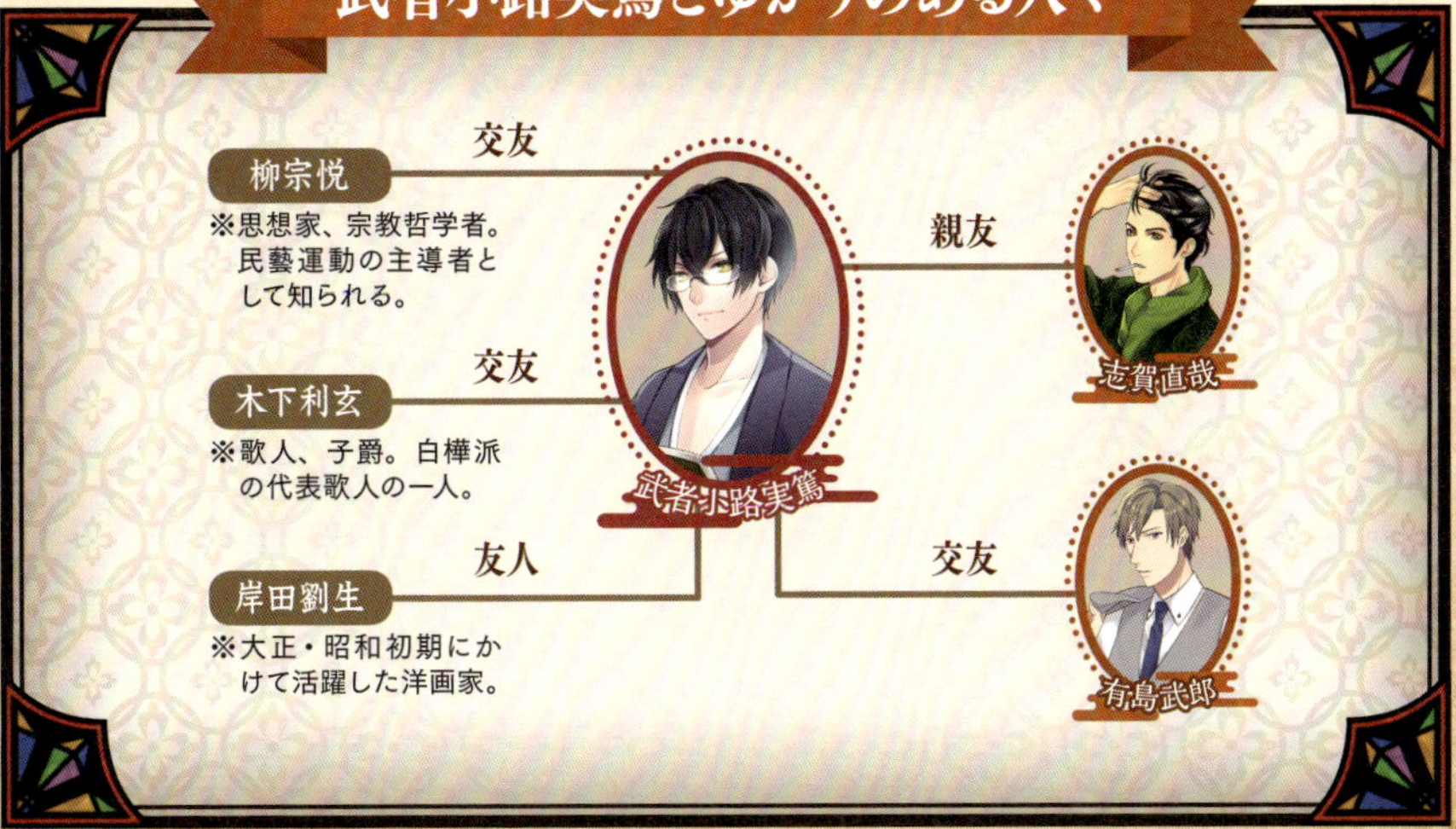
柳宗悦
※思想家、宗教哲学者。民藝運動の主導者として知られる。
交友
木下利玄
※歌人、子爵。白樺派の代表歌人の一人。
交友
岸田劉生
※大正・昭和初期にかけて活躍した洋画家。
友人
武者小路実篤
親友
志賀直哉
交友
有島武郎

大正の文豪

悪魔のような美を求めて

谷崎《たにざき》潤一郎《じゅんいちろう》

自分の夢に賭けた

東京帝国大学に進学する際、出世の約束された法学部ではなく国文科を選んだ。没落した家を確実に救う道より自身の夢に賭けたのだ。

ナオミとの実際の恋は

「痴人の愛」のナオミのモデルになったのは最初の妻の妹・せい子。潤一郎は彼女に結婚を申し込んだが、あっさり断られてしまった。

生没年月日	出身地
1886年7月24日～ 1965年7月30日	東京市日本橋区蠣殻町 （現・東京都中央区日本橋人形町）
特技・趣味	**プロフィール**
生涯で40回以上の引っ越しをした。29歳で結婚して以来、ほとんど毎年引っ越ししたことになる。晩年にもその意欲は衰えなかった。	婿養子の父、印刷所、点灯社などを経営する父を持つ母を持つ。家業が傾いた後、教師に才能を惜しまれ家庭教師の職を与えられた。

イラスト／唯奈

谷崎潤一郎はこんな人

悪魔主義的な芸術性を求め「細君譲渡事件」を起こす

最初の妻である千代は貞淑でおとなしく、実生活にも作品のような悪魔主義的な芸術性を求めていた潤一郎にとっては物足りない伴侶だった。ないがしろにされる千代に佐藤春夫が同情すると、潤一郎は「妻を譲ってもいい」と言い出す。しかし約束はなかなか実行されず、潤一郎と春夫が絶交する「小田原事件」に発展。後に春夫は無事、千代と結婚する。

新天地・関西での生活が文学的にも転機をもたらした

関東大震災の翌年、一家で関西に移住。この年、『痴人の愛』を発表する。この作品は大きな反響があり、「ナオミズム」という流行語も生まれるほどだった。

その後、古き良き日本像や上方芸能の伝統美などに影響を受け、レズビアニズムを扱った『卍』や、自身の離婚問題を重ねつつ妻との関係を模索する夫を描く『蓼喰ふ虫』などの作品に結実させた。

読んだ気になる代表作ガイド

美の前にひざまずきたい自身の願望を描いた

電気技師の河合譲治は28歳の真面目なサラリーマン。人づきあいが苦手で女性と付き合った経験もない彼にはある願望があった。それは世間をまだ知らない少女を模範的な女に育て、結婚するというもの。

あるとき譲治はカフェで働く15歳のナオミを見初め、同居を始める。寝室は別にした暮らしで、譲治はナオミに教養をつけさせようとするが、ナオミは奔放で贅沢ばかり。男癖も悪く、ついに追い出される。しかし最終的に譲治はナオミの美しい肉体の虜になり、命令されるがままの生活を送るように。

谷崎潤一郎
Junichiro Tanizaki
痴人の愛
新潮文庫

『痴人の愛』新潮文庫刊

谷崎潤一郎とゆかりのある人々

三番目の妻
根津松子
二番目の妻
古川丁未子
最初の妻
石川千代
結婚
谷崎潤一郎
評価
永井荷風
友人
佐藤春夫
友人
川端康成
芥川龍之介
菊池寛

思想苦悶を続けた人生

有島武郎《ありしまたけお》

英語講師から作家に

留学後、東北帝国大学農科大学の英語講師を務めていたが、1915年に妻と父を相次いで失う。以後、講師を辞して作家業を本格化させた。

背教者

1901年、キリスト教に入信したが、のちに社会主義に傾倒。愛人との心中発覚後、かつての師・内村鑑三から「背教者」として痛烈に批判された。

生没年月日	出身地
1878年3月4日～ 1923年6月9日	東京府東京市小石川区 （現・東京都文京区）
特技・趣味	**プロフィール**
画家の有島生馬を実弟に持ち、美術にも造詣が深かった。大学講師時代に美術サークル「黒百合会」を創立し顧問も務めている。	白樺派のひとり。1917年『カインの末裔』で中央文壇に登場し、短期間で『迷路』『小さき者へ』『或る女』などの代表作を生んだ。

イラスト／佐々子

有島武郎はこんな人

創作力を失ったのちに不倫相手と情死

1923年、『婦人公論』の女性記者・波多野秋子と出会い、人妻と知りながら恋仲になる。しかし、不倫を知った秋子の夫から「大金を支払うか姦通罪で服役するか」を迫られ、悩んだ末に武郎は秋子との心中を選択。同年6月、軽井沢の別荘で情死を遂げた。当時、武郎は創作力の衰えから筆を絶っており、漠然とした自身の終焉を予感していたという。

政府から危険視された社会運動家に協力!?

1923年9月、関東大震災直後の混乱の中、アナキスト・大杉栄が憲兵隊員の独断によって殺害された。大杉の死後、彼の活動費を探る中で、すでに他界していた有島武郎の名前が浮上した。大杉がドイツの無政府主義大会への参加を計画した際、渡航費を寄付したのが武郎だったという。この事実は、ふたりと交流を持っていた出版者・足助素一によって明かされた。

読んだ気になる代表作ガイド

「女性の自由」が叫ばれた当時の社会を浮き彫りにした

恋多き美女・早月葉子は、夫の木部に愛想を尽かして離婚。シアトル在住の実業家・木村との縁談を整えてアメリカに向かうが、渡航中に出会った客船の事務長・倉地と恋に落ちてしまう。病気を装って帰国した葉子は、木村を騙して仕送りを続けさせつつ、妻子持ちである倉地との不倫関係を開始した。葉子は倉地に買い与えられた家に、ふたりの妹を呼び寄せる。しかし、子宮の病を患うと、不安感から倉地と妹の関係を疑うようになり、錯乱の末に入院。誰からの見舞いもないまま、葉子は病死という最期を迎えるのだった。

有島武郎
或る女
新潮文庫

『或る女』新潮文庫刊

有島武郎とゆかりのある人々

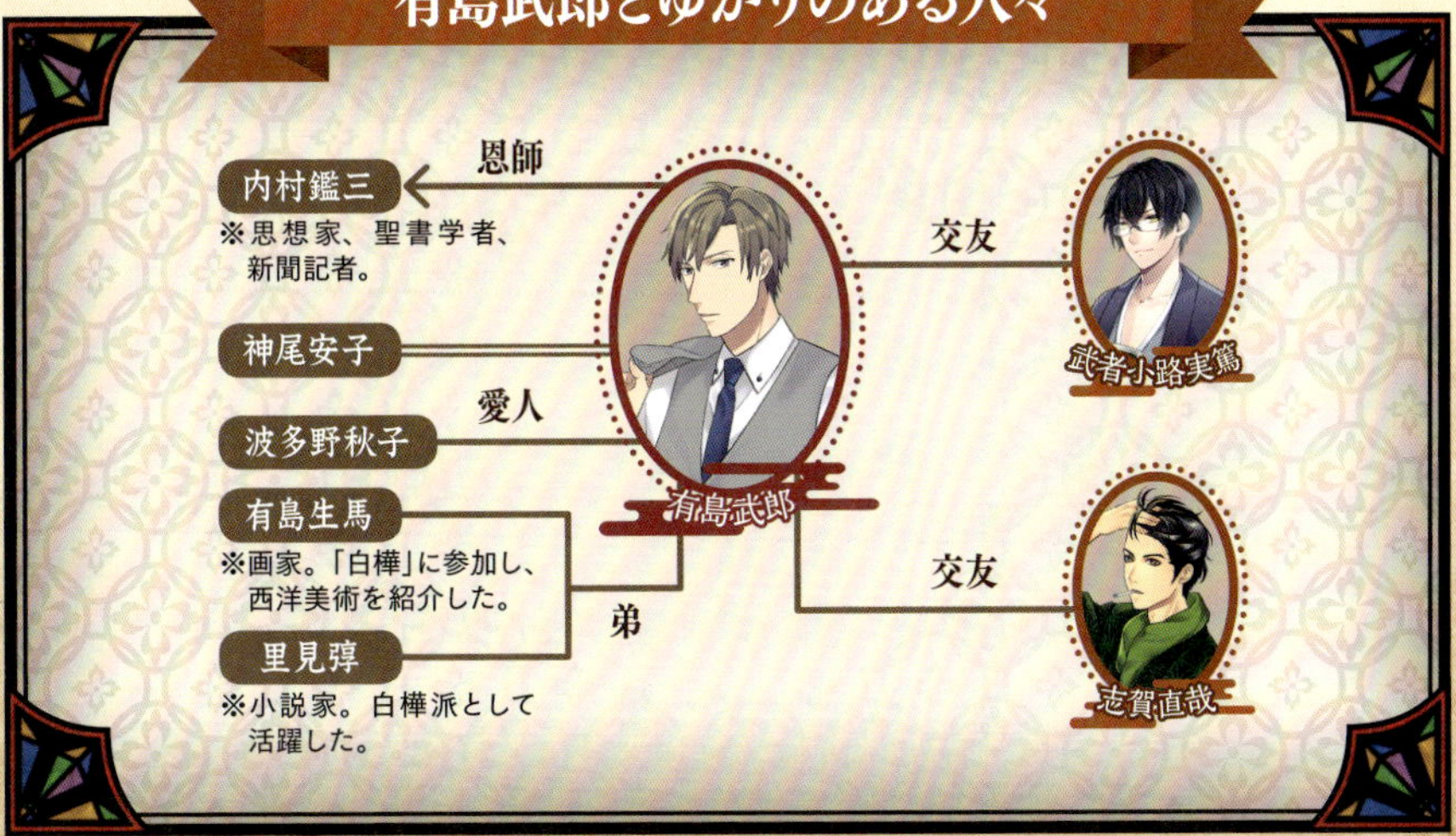
内村鑑三
恩師
※思想家、聖書学者、新聞記者。
神尾安子
愛人
波多野秋子
有島生馬
※画家。「白樺」に参加し、西洋美術を紹介した。
弟
里見弴
※小説家。白樺派として活躍した。
有島武郎
交友
武者小路実篤
交友
志賀直哉

同志を唸らせた小説の神様

志賀《しが》直哉《なおや》

お金持ちのお坊ちゃん

父は第一銀行石巻支店勤務で、裕福な名家に育つ。学習院中等科の頃は、当時高価だったデイトン自転車を乗り回していた。

小説の神様

直哉の文章は小説文体の理想のひとつとされ、当時の文学青年たちは、彼の代表作『小僧の神様』から「小説の神様」と呼んだ。

生没年月日	出身地
1883年2月20日～ 1971年10月21日	宮城県牡鹿郡石巻町 （現・宮城県石巻市住吉町）
特技・趣味	**プロフィール**
大の動物好きで「骨董品を買うつもりで出かけたが、犬を買ってきた」との逸話も。『志賀直哉の動物随想』でも動物愛を綴っている。	白樺派を代表する文豪のひとり。美しく無駄のない文体で、多くの作家に影響を与えた。代表作は『暗夜行路』『城の崎にて』など。

イラスト／トミダトモミ

志賀直哉はこんな人

確執のあった父と和解 作風にも大きな変化が

直哉の作風は、父との関係が大きく影響している。父と衝突を繰り返したことから、初期の志賀文学は「自分の感性に絶対的な自信」を持ったエゴイズムの世界だった。しかし34歳の時に父と和解し、作風は調和を求める方向へと傾くことに。なお、代表作『暗夜行路』はもともと私小説の予定だったが、和解でモチーフを失ったため、虚構性を加えた長編小説となった。

一命を取り留めた後に 名作を書き上げる

直哉は31歳（1914年）の時に親友・武者小路実篤の従妹・康子《さだこ》と結婚したが、結婚前に人生観を大きく変える事故に遭っている。1913年、夜道を歩行中に山手線にはねられ、頭蓋骨が露出するほどの重傷を負ったのだ。奇跡的に一命をとりとめ、療養のために兵庫県・城崎温泉に滞在。この時の経験をもとに書かれたのが名作『城の崎にて』である。

読んだ気になる代表作ガイド

徹底した観察力で世と死の意味を描く『城の崎にて』

電車にはねられたが、九死に一生を得た「自分」。療養のため城崎温泉を訪れると、3つの死に遭遇した。ひとつ目は蜂。先日まで飛び回っていた蜂の死骸を眺め、死の静けさに親しみを感じた。ふたつ目は鼠。首に魚串が刺さった鼠が川面を泳ぐ。子供たちは鼠に向かって石を投げる。死が迫る中、鼠は懸命にもがいていた。3つ目はイモリ。驚かそうと小石を投げたところ、図らずもイモリに当たって死んでしまった。偶然死んだイモリと偶然生きている自分。もしかしたら、生と死に大きな差はないのかもしれない。

志賀直哉
城の崎にて・小僧の神様
角川文庫

『城の崎にて・小僧の神様』角川文庫刊

志賀直哉とゆかりのある人々

志賀直温
父
康子
太宰治
批判
志賀直哉
交友
谷崎潤一郎
親友
武者小路実篤
門弟
瀧井孝作
※小説家、俳人。芥川賞の初代選考委員を務める。
尾崎一雄

芸術と妻をこよなく愛した

高村光太郎《たかむらこうたろう》

彫刻家としても一流

父の職人気質とロダンの芸術的精神の影響を受け、日本を代表する彫刻家のひとりに。ブロンズ塑像「裸婦裸像」「手」などを残した。

宮沢賢治全集に貢献

宮沢賢治の実弟・清六と親交があり、宮沢賢治全集の刊行にも協力。また、戦時中に光太郎が疎開先として頼ったのは清六邸だった。

生没年月日	出身地
1883年3月13日～1956年4月2日	東京府東京市下谷区（現・東京都台東区東上野）
特技・趣味	**プロフィール**
光太郎の芸術は「一が彫刻、二が文芸、三が書画」といわれ、数多くの遺墨が残されている。彼曰く「書は真実の人間そのもの」。	木彫家・高村光雲の長男。東京美術学校に進学後、詩の世界にも興味を持ち、彫刻家と詩人を両立。代表作は詩集『智恵子抄』など。

イラスト／時々

高村光太郎はこんな人

作風にも多大な影響を与えた愛妻・智恵子

彫刻家・詩人として高名な光太郎だが、それ以上に彼の人格を支持する人は多いという。光太郎が追い求めた人道主義は、白樺派の影響はもちろんだが、やはり妻・智恵子の存在が大きい。当初は耽美的傾向の詩が多かったが、智恵子との出会い以降、人道主義的内容の口語自由詩に変化。智恵子との死別後に出版された『智恵子抄』も、亡き妻への思いに満ち溢れている。

戦争詩を詠った自省で7年間の独居生活に入る

太平洋戦争が開戦すると、光太郎は戦意発揚の戦争詩を詠い続けた。しかし、本意ではなかったのだろう。終戦後は疎開先の岩手から帰郷せず、花巻郊外に粗末な小屋を建てて7年間の独居生活を開始している。この期間、戦争賛美の自省から自己批判的回想詩を綴り、また高潔な心を求めて彫刻活動に勤しんだ。なお、この小屋は現在も「高村山荘」として保存されている。

読んだ気になる代表作ガイド

国語の教科書でもお馴染みの表題詩

「道程」
僕の前に道はない
僕の後ろに道は出来る
ああ、自然よ
父よ
僕を一人立ちさせた広大な父よ
僕から目を離さないで守る事をせよ
常に父の気魄を僕に充たせよ
この遠い道程のため
この遠い道程のため

表題詩「道程」で有名な第一詩集。全76篇で、青春時代から智恵子との結婚までが詠われている。

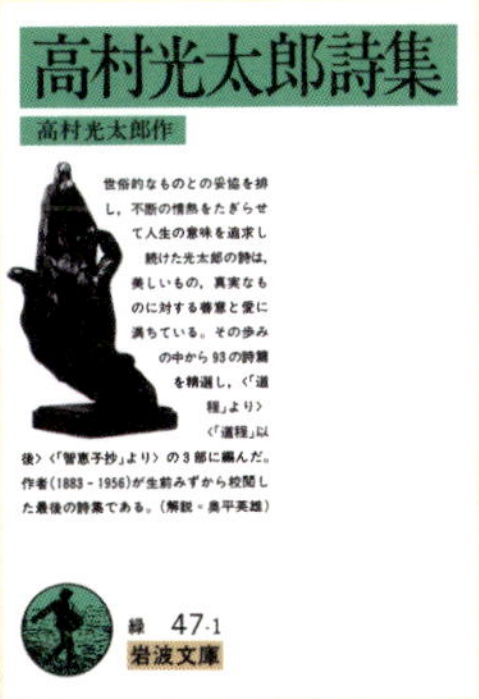
高村光太郎詩集
高村光太郎作
世俗的なものとの妥協を排し、不断の情熱をたぎらせて人生の意味を追求し続けた光太郎の詩は、美しいもの、真実なものに対する憧憬と愛に満ちている。その歩みの中から93の詩篇を精選し、〈「道程」より〉〈「道程」以後〉〈「智恵子抄」より〉の3部に編んだ。作者(1883-1956)が生前みずから校閲した最後の詩集である。(解説・奥平英雄)
緑 47-1
岩波文庫

『高村光太郎詩集』岩波文庫刊

高村光太郎とゆかりのある人々

父
高村光雲
※彫刻家。木彫に写実主義を取り入れたことで知られる。
智恵子
高村光太郎
パンの会
北原白秋
石川啄木
友人
室生犀星

文藝春秋社の創設者

菊池《きくち》寛《かん》

文学賞の創設

文藝春秋社の成功で富を得た寛は、1935年にふたりの友人の名を冠した文学賞「芥川賞」と「直木賞」を創設している。

成功後にモテる！

学生時代のあだ名はブルドックで、女性と縁のない青春を過ごす。しかし成功後に複数の女性と関係を持つようになったという。

生没年月日	出身地
1888年12月26日～1948年3月6日	香川県香川郡高松（現・香川県高松市）
特技・趣味	**プロフィール**
麻雀、競馬、将棋を愛し、麻雀では日本麻雀連盟の初代総裁を務め、競馬では馬主として多くの競走馬を所有していた。	京都大学卒業後、新聞記者を経て小説家に。1923年、文藝春秋社を創設。雑誌『文藝春秋』で成功し、実業家としても名を馳せる。

イラスト／イノオカ

菊池寛はこんな人

マント窃盗事件に巻き込まれ退学になる

地元支援者から学費援助を受けて第一高等学校（現・東京大学）に入学。同校ではのちに親友となる芥川龍之介と出会うなど充実した日々を送ったが、卒業直前で退学処分に……。理由は同級生のマントを盗んで売ったとのことだが、実は盗品とは知らずに頼まれて売却しただけだった。だが、寛は友人を守るため、身代わりとなって退学を受け入れたという。

資産は文壇に還元 情に厚い兄貴肌だった

情に厚い寛は損をすることもあったが、それ以上に救いの手が差し伸べられることの方が多かった。一高退学後、京都帝国大学に進学できたのは友人家族の学費援助であり、作家を目指していた彼に雑誌社を紹介してくれたのは芥川龍之介だった。こうした恩義を忘れることなく、成功後に得た資産は、川端康成や横光利一といった若手文士への援助に使われた。

読んだ気になる代表作ガイド

舞台化によって大絶賛 家族を描いた戯曲『父帰る』

明治40年頃、南海道の小都会で暮らす黒田家。28歳の賢一郎は、母・弟・妹の4人で暮らしていた。10月のある夜のこと、食卓を囲んでいた彼らの家に、ひとりの老いた男が入ってきた。その男は、20年前に借金と愛人をつくって家出した父・宗太郎だった。20年振りの再会を母・弟・妹は喜んだが、父に代わって10歳から働きはじめた賢一郎は許すことができない。息子に罵られた父は、再び家を出ていってしまった。しかし、母と妹の哀願に賢一郎も翻意。弟を連れ、狂ったかのような勢いで夜の町へと飛び出していった。

父帰る・恩讐の彼方に
他七編
菊池寛
旺文社文庫
『父帰る・恩讐の彼方に』旺文社文庫刊

菊池寛とゆかりのある人々

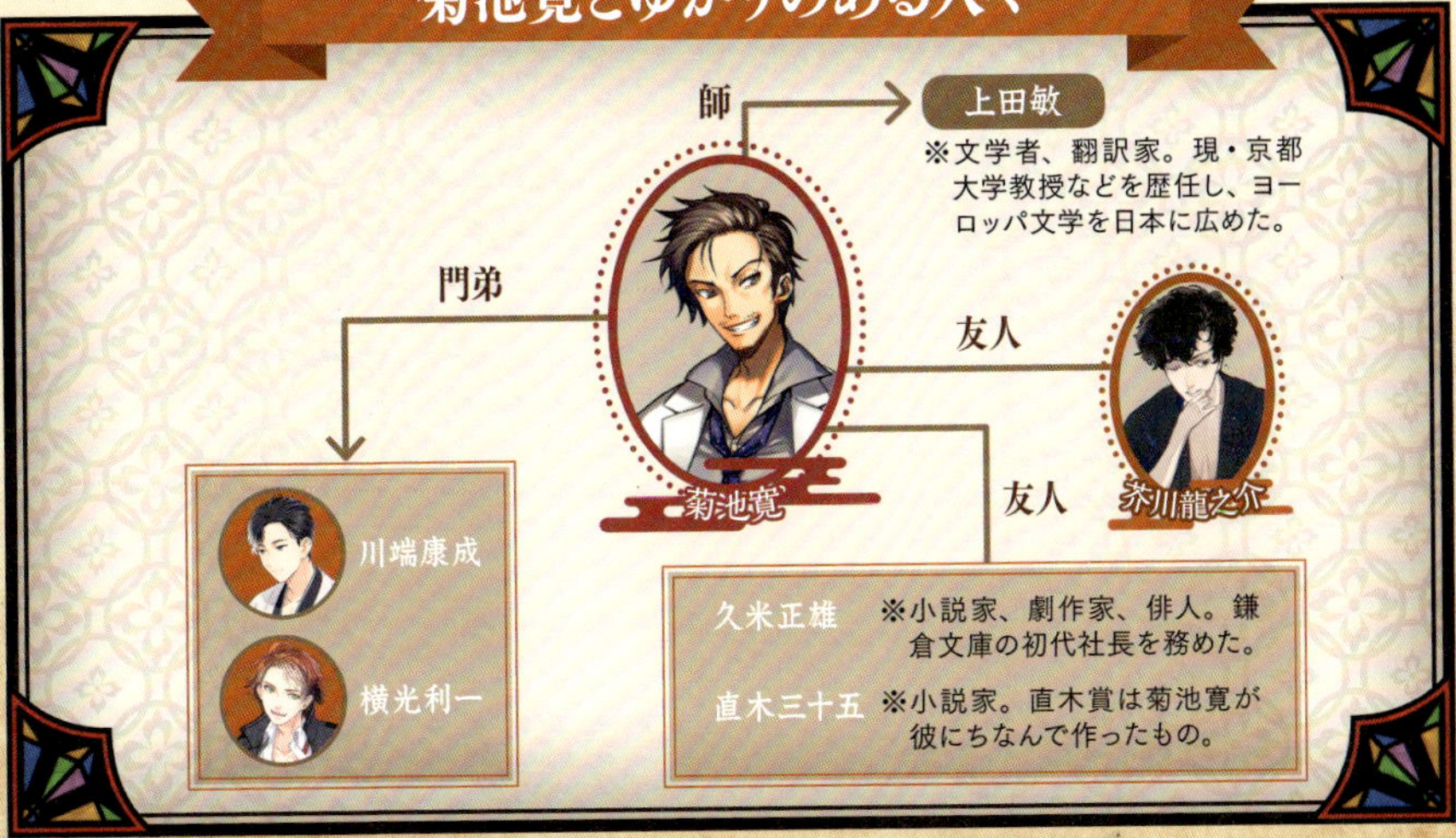
師
上田敏
※文学者、翻訳家。現・京都大学教授などを歴任し、ヨーロッパ文学を日本に広めた。
門弟
友人
菊池寛
芥川龍之介
友人
川端康成
横光利一
久米正雄 ※小説家、劇作家、俳人。鎌倉文庫の初代社長を務めた。
直木三十五 ※小説家。直木賞は菊池寛が彼にちなんで作ったもの。

近代詩壇の先駆者

萩原《はぎわら》朔太郎《さくたろう》

生粋の勉強嫌い

勉強が苦手でサボることもしばしば。中学・高校で3度の落第を経験し、教師からも「学業に将来の望みなし」と見なされていた。

学業以外は優秀？

詩人として成功したほか、複数の楽器を演奏したり、写真や絵画も得意だったりと、多彩な才能を発揮していたという。

生没年月日	出身地
1886年11月1日～ 1942年5月11日	群馬県東群馬郡前橋北曲輪町 （現・群馬県前橋市千代田町）

特技・趣味	プロフィール
詩歌以外では音楽を愛し、なかでもギターやマンドリンの楽器演奏を好んだ。故郷ではたびたび演奏会を開いていたという。	開業医の長男として生まれる。慶應義塾大学を中退後、短歌・文語自由詩を経て『月に吠える』（1917年）で口語自由詩を完成させた。

イラスト／白鴉

萩原朔太郎はこんな人

30歳まで道楽生活 典型的なお坊ちゃん

開業医の長男として不自由のない家庭に生まれ育った朔太郎は、絵に描いたようなお坊ちゃんだった。学業が苦手で大学受験にも失敗したが、帰郷後は趣味に没頭。自宅を改築してマンドリンの演奏会を開き、気の向くままに同人誌に詩を載せるなど悠々自適に過ごした。しかし、こうした人生の浪費を30歳で強く後悔。ここから本格的に詩作を開始することとなった。

朔太郎のふたりの恋人 北原白秋と室生犀星

幼少期から神経質な性格で、病弱でもあったことから孤立することが多かった。妻・稲子は愛人をつくって朔太郎のもとを去るなど、自身を「永遠の漂泊者」と自嘲することもあった。しかし、詩人として交友を深めた室生犀星や北原白秋との関係は生涯続いた。白秋に送った手紙では、犀星と白秋のふたりを「恋人」と称するなど、強い感情を抱いていたようだ。

読んだ気になる代表作ガイド

詩の概念を打ち破った 口語自由詩のパイオニア

「見しらぬ犬」（一部）

ああ、どこまでも、どこまでも、
この見もしらぬ犬が私のあとをついてくる、
きたならしい地べたを這いまはつて、
わたしの背後《うしろ》で後足をひきずつてゐる病気の犬だ、
とほく、ながく、かなしげにおびえながら、
さびしい空の月に向つて遠白く吠えるふしあはせの犬のかげだ。

憂鬱な感情を口語自由詩で詠み、新領域を開拓した。朔太郎も「一つのエポックを作った」と自賛している。

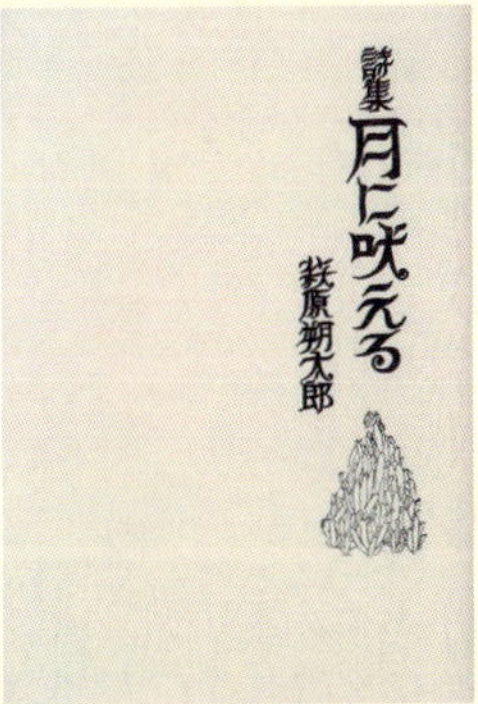

詩集
月に吠える
萩原朔太郎

『月に吠える』日本図書センター刊

萩原朔太郎とゆかりのある人々

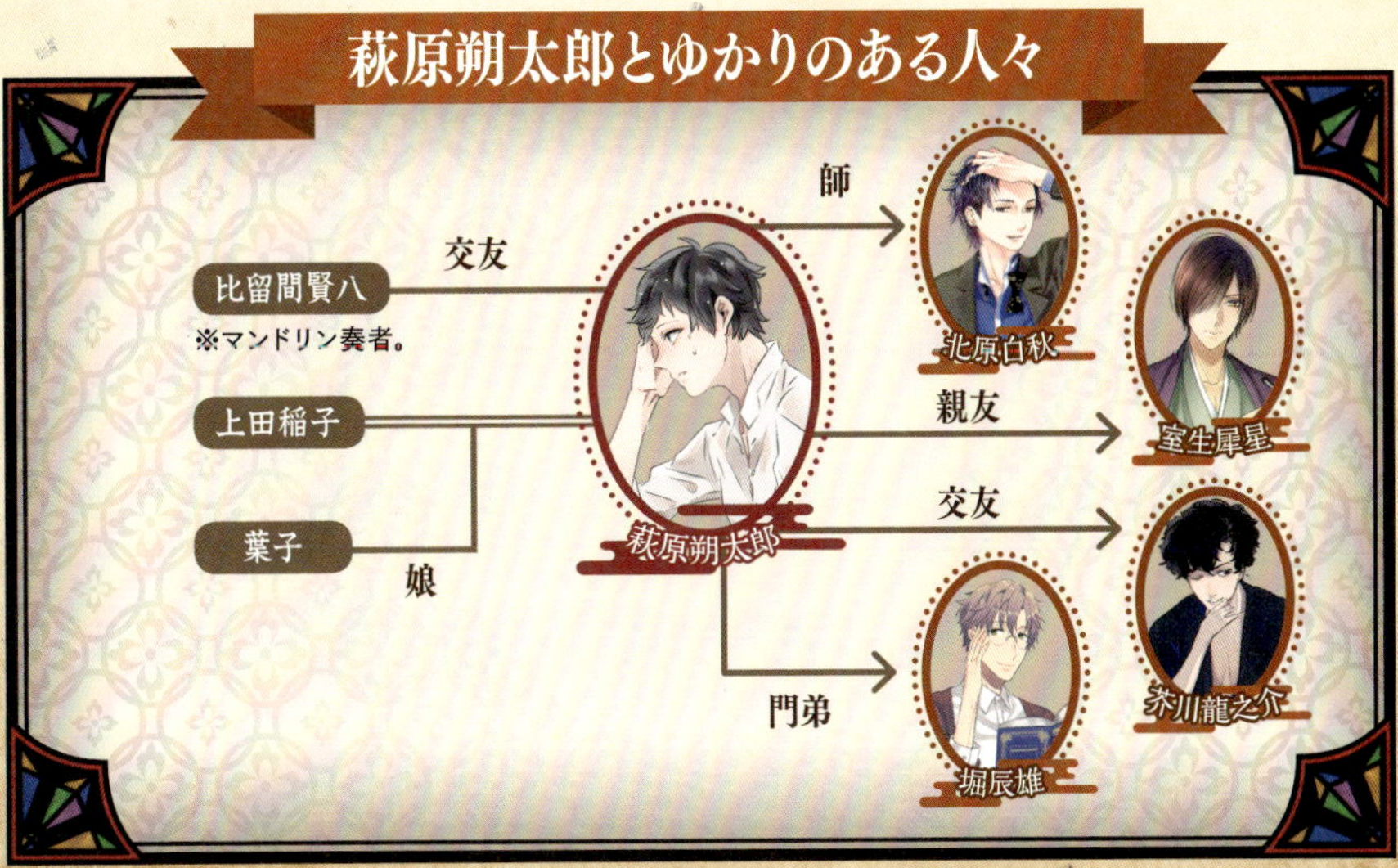

萩原朔太郎
師
北原白秋
親友
室生犀星
交友
芥川龍之介
門弟
堀辰雄
交友
比留間賢八
※マンドリン奏者。
上田稲子
葉子
娘

大正の文豪

病と闘いぬき名作を残す

梶井《かじい》基次郎《もとじろう》

夭折の短編作家

31歳という若さで亡くなった。代表作『檸檬』をはじめ、20篇ばかりの珠玉の短編を残し、死後評価を高めた作家の一人。

絵画もお手のもの

文学だけでなく絵画にも興味を持っていた梶井基次郎。ポール・セザンヌの名をもじって「瀬山極」というペンネームも使っていた。

生没年月日	出身地
1901年2月17日～ 1932年3月24日	大阪府大阪市西区
特技・趣味	**プロフィール**
ほかの文学青年よろしく読書が大好き。漱石や谷崎、志賀直哉の本を好んで読んだ。他には絵画や哲学にも興味を持っていた。	18歳で中谷孝雄らと関わり文学に傾倒。東京大学入学後は病を押し同人誌に作品を発表を続けるも、31歳の若さで永眠。

イラスト／シキユリ

梶井基次郎はこんな人

作風にも影響を与えた過酷な闘病生活

19歳で肺結核を患って以来闘病しながら作品を書き続けた。『冬の日』や『冬の蝿』といった作品に闘病の様子が描かれている。小説家として成功することはついになく、生前に出版されたのは、三好達治ら友人らの尽力で刊行された創作集『檸檬』だけだった。基次郎の作品に通奏低音として流れる静けさや、切なさは長い闘病生活が生み出した独特の持ち味だ。

人生で唯一の恋 お相手は宇野千代

病気療養のため伊豆湯ヶ島温泉へと赴き川端康成らと親交を持つ。他にも萩原朔太郎や尾崎士郎とも交流を持ったが、中でも尾崎の妻宇野千代と親しい関係になり恋に落ちる。だがその想いが実ることはなかった。酒好きでやんちゃな無頼漢として知られるが、宇野千代との恋には純情一途だった基次郎。ほかに恋愛の逸話は残っていない。基次郎は生涯独身で過ごした。

読んだ気になる代表作ガイド

幸福の象徴に置く檸檬という爆弾

「私」は京都の街をさまよっている最中、果物屋で檸檬を買う。檸檬を手にすると幸福な気持ちになり、再び京都の街を歩く。そうして最後にたどり着いた場所が丸善だった。そこは生活が蝕まれてから足が遠のいていた店だった。しかし店に入ると、幸福は消え失せてしまう。ふと思い立って、積んだ本に檸檬を載せてみる。そして、檸檬を置いたまま店を出る。自分が丸善に爆弾を仕掛けた悪漢で丸善が大爆発したら、そんな妄想を抱き「私」は京極を下って行った。

『檸檬』角川文庫刊

梶井基次郎とゆかりのある人々

鉄道と諧謔《かいぎゃく》を愛した頑固者

内田百閒《うちだひゃっけん》

字体と仮名遣い

旧字・旧仮名遣いにこだわり、百閒の死後も著作権管理者・中村武志によって守られた（のちに文庫本のみ新字・新仮名を遣い許可）。

元祖鉄道オタク

無類の鉄道好きで、本人曰く「目の中に汽車を入れて走らせても痛くない」。鉄道紀行の傑作『阿房列車』シリーズは代表作のひとつ。

生没年月日	出身地
1889年5月29日～1971年4月20日	岡山県岡山市
特技・趣味	**プロフィール**
鉄道、琴、酒、煙草、猫、小鳥、故郷・岡山などをこよなく愛し、これらを題材とした著作が数多く残されている。	東京帝国大学入学後、夏目漱石の門下生に。卒業後はドイツ語教師をしながら創作活動を行い、『百鬼園随筆』のヒットで専業作家に。

イラスト／汐街コナ

内田百閒はこんな人

成功していたはずが生涯を通じて借金漬け？

実家は裕福な造り酒屋だったが、父の死によって倒産。ドイツ語教師時代は高給だったが、一家揃ってスペイン風邪に感染し、治療費で収支はマイナス。そして専業作家として成功したあとも、不思議と金銭に恵まれなかった。このため借金を題材とした作品も多いが、百閒特有のウィットにより悲壮感は薄い。後年は借金を「錬金術」と称し、楽しんでいたようにさえ思える。

巨匠・黒澤明が映画化した百閒と教え子の交流

1920年から法政大学でドイツ語講師を務めていたが、教授同士の対立に端を発した大規模粛正（法政騒動）に巻き込まれ、1934年に辞職。しかし、当時の教え子たちとの交流は生涯を通じて続き、その様子は随筆『まあだかい』に綴られている。なお、この随筆を原作として映画化されたのが、巨匠・黒澤明の遺作となった『まあだだよ』である。

読んだ気になる代表作ガイド

目的である特急車両になかなか乗らない問題作

戦時中に廃止されていた東海道本線特急車両「はと」が本格復活。汽車好きの百閒は、とくに用事もないが東京―大阪間の往復汽車旅行を決意する。そうと決まれば、まずは旅費調達のために方々から金を借りなくてはならない――。

『阿房列車』シリーズの第一作。出発前の旅費調達、そして東京駅構内の右往左往で全編の7割以上を占めた問題作でもある。旅の本筋から逸れたり、非現実的な描写があったりと小説のような味わいの紀行文が人気を呼んだ。

第一阿房列車
内田百閒
はと
『第一阿房列車』新潮文庫刊

内田百閒とゆかりのある人々

宮城道雄
※作曲家、随筆家、箏曲家。百閒の琴の師匠でもある。
友人
平山三郎
※作家。元国鉄職員。
弟子
内田百閒
師
夏目漱石
師
門弟
交流
芥川龍之介

日本の美を綴る世界の文豪

川端《かわばた》康成《やすなり》

快挙からの自殺

1968年、日本人初となるノーベル文学賞を受賞するも、3年後に仕事用マンションの自室でガス自殺。遺書は見当たらなかった。

美少年に恋！

孤児根性で心が歪んだ康成だったが、無垢な感情で接してくれる美少年に恋心を抱いたという。この体験は『少年』に反映されている。

生没年月日	出身地
1899年6月14日～ 1972年4月16日	大阪府大阪市北区
特技・趣味	**プロフィール**
伝統美術を好み、茶器や陶器、仏像など古美術品を収集していた。審美眼もたしかで、所蔵品には美術的価値の高いものが多い。	家族が相次いで他界し、15歳で天涯孤独に。菊池寛に見出されて才能を開花させ、『伊豆の踊子』『雪国』など数多の名作を生んだ。

イラスト／百山百

川端康成はこんな人

次々と家族を失い15歳で天涯孤独に

開業医の長男として生まれるが、2歳のときに父が他界し、翌年には母も死去。祖父母に引き取られたのち、その祖母も7歳の時に亡くなり、さらには10歳で姉、15歳で祖父を次々と失った。こうして康成は、15歳にして天涯孤独の身となってしまう。その後「孤児根性」を抱えたまま成長した康成は、一人旅で体験した出会いを元に『伊豆の踊子』を執筆することとなる。

新人発掘の名人で多くの作家を後援

時代の思想の影響を受けず、独自の澄んだ視点で「日本的な美」を描き続けた康成。文壇の重鎮になってからは、その目を外に向け、有望な新人発掘にも力を注ぐようになる。康成が見出し支援した作家は、北条民雄、三島由紀夫、岡本かの子、中里恒子、佐左木俊郎など枚挙にいとまがない。優れた作品を生み出し続けた康成は、優れた作家を見つける名人でもあった。

読んだ気になる代表作ガイド

悩みを抱えた青年が無垢な踊子と出会う

20歳の青年「私」は、孤児根性で歪んだ自分に嫌気がさし、憂鬱から逃れるために伊豆へと旅に出た。その道中で出会ったのは、旅芸人の踊子をしている14歳の少女。彼女に惹かれた「私」は、旅芸人の一座と一緒に下田まで旅をすることになる。一座と交流するうちに、人の温かさを痛感する「私」。そして、踊子が自分に寄せてくれる無垢な好意に「私」の心も癒やされていく。帰ることになり、踊子に見送られ、船に乗り込む「私」。船室で人目もはばからずに涙を流しつつも、憂鬱な心が解放されていく快さを感じていた。

川端康成
伊豆の踊子
新潮文庫

『伊豆の踊子』新潮文庫刊

川端康成とゆかりのある人々

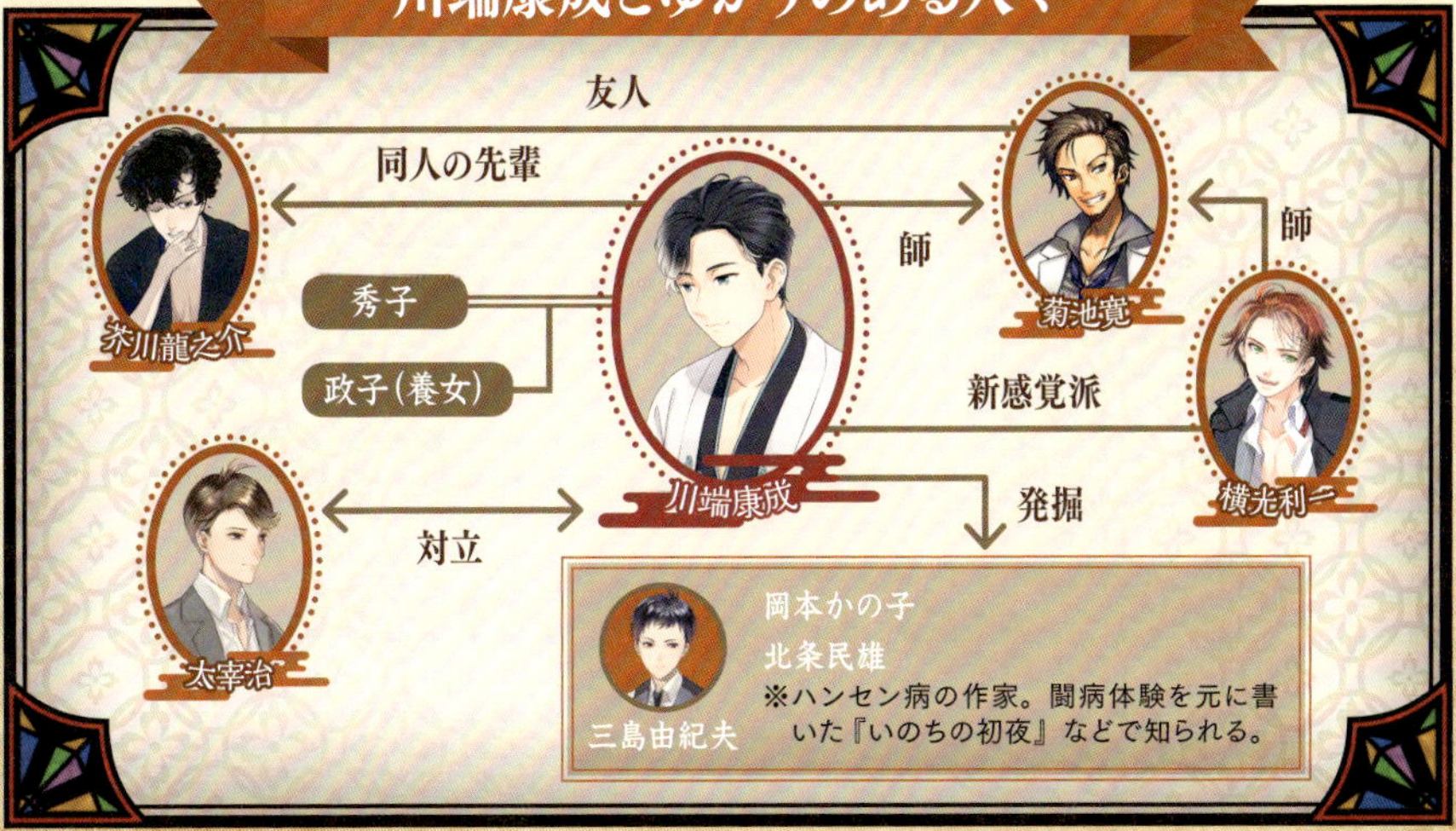
友人
同人の先輩
師
師
秀子
政子(養女)
新感覚派
発掘
対立
芥川龍之介
菊池寛
横光利一
川端康成
太宰治
三島由紀夫
岡本かの子
北条民雄
※ハンセン病の作家。闘病体験を元に書いた『いのちの初夜』などで知られる。

日常の感情を詠んだ夭逝の歌人

石川《いしかわ》啄木《たくぼく》

カンニングで中退

盛岡尋常中学校を中退後、作家になるべく上京したが、中退の理由は「試験で2度のカンニングが発覚したから」だった。

借金魔

生活に困る度に友人から借金し、その総額は1372円。現在の金額に換算すると、なんと約1400万円というから驚きである。

生没年月日	出身地
1886年2月20日～ 1912年4月13日	岩手県南岩手郡日戸村 （現・盛岡市玉山区玉山）
特技・趣味	**プロフィール**
上京後、芸者遊びに夢中になってしまう。家族への仕送りを削って遊び回ったほか、友人からの借金も遊興費として使っていた。	寺の住職の長男として生まれる。生活苦のなかで創作活動を続けたが、歌人として評価され始めた直後、結核を悪化させて26歳で死去。

イラスト／猫屋くりこ

石川啄木はこんな人

友人からの援助を女遊びで浪費していた

文士を目指し続けた啄木の生涯は、貧困との戦いだった。しかし、かつては清貧と見られていたが、貧しさの理由が自身の浪費だったことが明らかになっている。啄木の日記『ローマ字日記』によれば、友人から借りた金で女遊びを繰り返していたようだ。そうとも知らず、親友の金田一京助は、啄木のために自身の家財を質に入れてまで援助していたという。

不倫・無断欠勤・陰口 奔放かつ傲慢な素顔

啄木の奔放な性格は、浪費癖以外からも窺える。19歳で節子と結婚し、妻子を持つ身でありながら、東京で複数の芸者と交際。また、生活のために仕事をしていたにもかかわらず、しばしば無断欠勤。さらには、借金している友人や世話になった作家の陰口を叩くなど、傲慢な一面を持っていた。もしかしたら、この独特な感性が短歌にも反映されていたのかもしれない!?

読んだ気になる代表作ガイド

日常生活の感情を散文スタイルで詠む

『一握の砂』（抜粋）

はたらけど
はたらけど猶《なほ》わが生活《くらし》楽にならざり
ぢつと手を見る

初の歌集『一握の砂』のなかで、とくに有名な一首。同歌集の発表から2年後、啄木は肺結核でこの世を去った。生活の詠嘆を題材としたこの歌集が高く評価されたのは、死後のことである。なお、啄木の短歌は「三行書き」と呼ばれる散文的なスタイル。『一握の砂』の評価が高まるに連れ、三行書きに追従する若手文士が増えたという。

一握の砂・悲しき玩具
石川啄木
新潮文庫

『一握の砂・悲しき玩具』新潮文庫刊

石川啄木とゆかりのある人々

師
与謝野鉄幹
節子
石川啄木
若山牧水
宮崎郁雨
※歌人。「啄木を語る会」を設立し、彼の実績を広めた。
土岐善麿
※歌人、新聞記者、国語学者。
金田一京助
※言語学者、民俗学者。日本言語学会2代目会長。
友人

その執筆活動は多岐に渡る

佐藤春夫《さとうはるお》

デビュー当初はヒモ!?

新進作家として話題になるも、デビュー当初は収入が少なく生活は困窮。当時の恋人・女優の川路歌子に養ってもらっていたそうだ。

多種多様な文才

詩歌から出発して小説家となったが、ほかにも翻訳、紀行文、戯曲、研究、随筆、評論、童話など、あらゆるジャンルの執筆をこなした。

生没年月日	出身地
1892年4月9日～ 1964年5月6日	和歌山県新宮市
特技・趣味	**プロフィール**
趣味の絵画は、二科展に6作品の入選を果たすほどの腕前。入選した自画像は、処女詩集『殉情詩集』の口絵として掲載されている。	学生時代から文芸雑誌に詩歌を投稿する。上京後、谷崎潤一郎の推挙で文壇に登場。詩歌・小説・評論・随筆など幅広く執筆した。

イラスト／唯奈

佐藤春夫はこんな人

恩人だった谷崎潤一郎の妻・千代を譲り受ける

文壇デビューの恩人・谷崎潤一郎とは良好な関係を築いたが、数年間の絶縁状態があった。潤一郎は妻の千代に冷たく、春夫は同情心からやがて恋心を抱いた。これを知った潤一郎は千代を譲る約束をするも、のちに反故にする。怒った春夫が絶縁を言い渡したのだ。その後、両者は和解し、当初の約束通り千代を譲り受ける。この顛末は新聞でも報じられ、大きな反響を呼んだ。

若手文士から慕われ門弟三千人と称された

文壇処女作の『田園の憂鬱』、また谷崎千代への愛を綴った『殉情詩集』で文壇での地位を確立した春夫。その後も精力的に執筆を続けて文壇の重鎮となったが、おおらかな性格から、彼の邸宅には絶え間なく若手文士が出入りしていた。しばしば「門弟三千人」とも称され、そのなかには井伏鱒二や太宰治など、のちに一流作家として名を馳せた者も少なくない。

読んだ気になる代表作ガイド

神経衰弱を患った際の実体験から生まれた

創作活動に行き詰まって精神を病んだ「彼」は、妻とともに東京から農村へと移り住んだ。新居の庭で見つけたのは、みすぼらしい薔薇の木。日陰に根を下ろし、いまにも朽ち果てそうな薔薇を見た「彼」は、まるで自分のようだと感じる。そこで「彼」は薔薇の木を手入れすることで、自身の行方を占うことにした。その後、苦労の甲斐あって庭の薔薇が花を咲かせたが、よく見ると花には大量の虫がついていた。動揺した「彼」は「おお、薔薇、汝病めり！」と連呼し、錯乱状態のまま悲嘆に暮れるのだった。

田園の憂鬱
佐藤春夫
新潮文庫
『田園の憂鬱』新潮文庫刊

佐藤春夫とゆかりのある人々

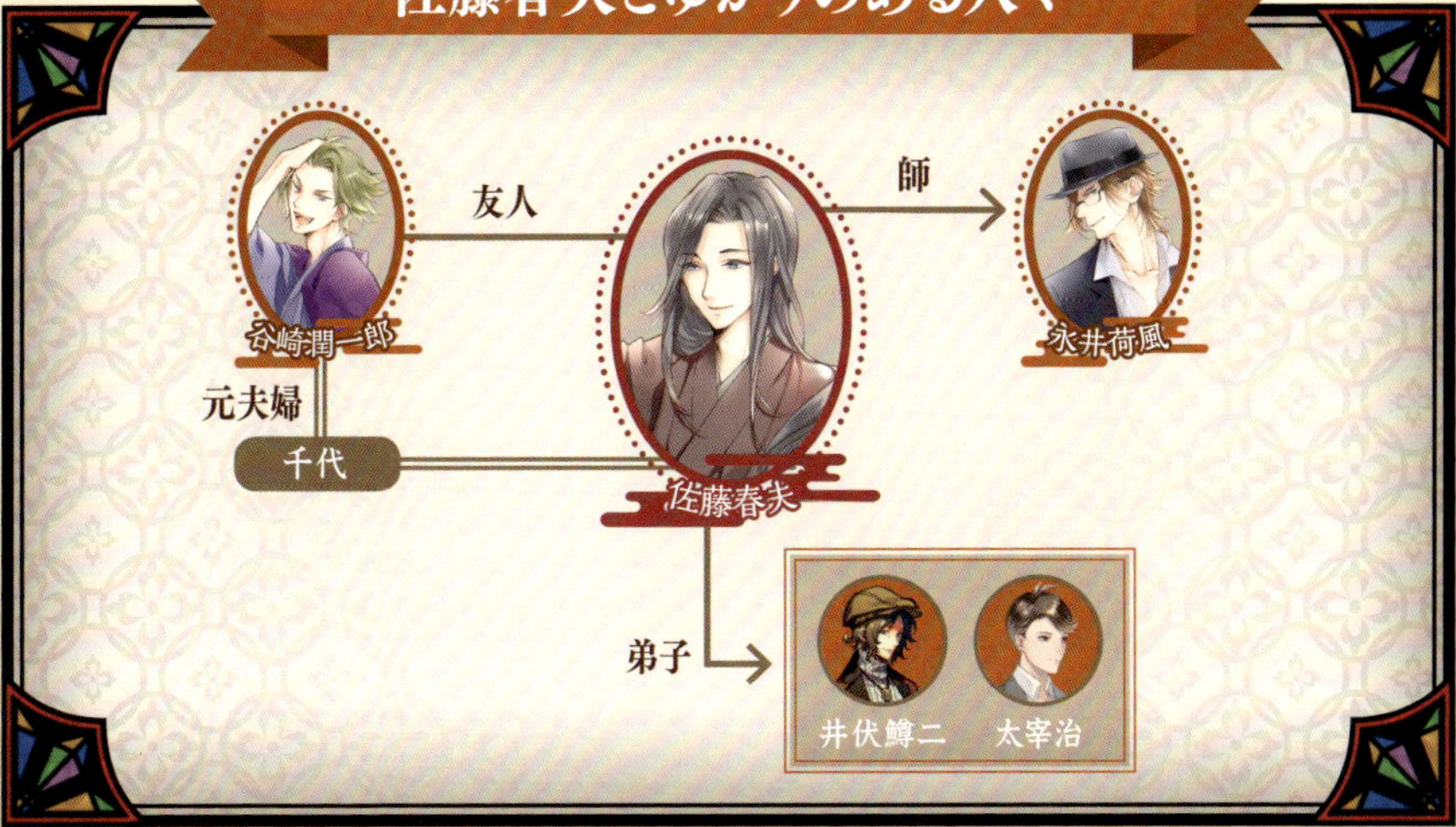
谷崎潤一郎
友人
佐藤春夫
師
永井荷風
元夫婦
千代
弟子
井伏鱒二
太宰治

作風に垣間見られる慈悲の心

室生《むろう》犀星《さいせい》

筆名にも故郷愛

ふるさとを題材とした作品を数多く残した犀星。彼の筆名は故郷・金沢を流れる「犀川」にちなんでおり、故郷への愛が感じられる。

無二の親友

北原白秋を通じて知り合った萩原朔太郎とは生涯を通じた親友に。ふたりで詩誌『感情』を刊行するなど、「二魂一体」と称された。

生没年月日	出身地
1889年8月1日～ 1962年3月26日	石川県金沢市
特技・趣味	**プロフィール**
養子先の寺で幼い頃から作庭を手伝っていた。このため庭造りに興味を持ち、随筆『日本の庭』など作品にもそれが反映されている。	生後間もなく養子に出され、寺で育つ。大正期の詩壇を牽引し、昭和期には小説家としても活躍。

イラスト／シキユリ

室生犀星はこんな人

不遇な出生から慈愛の作風が生まれた

加賀藩の足軽頭・小畠家に生まれたが、女中の私生児だったために生後間もなく寺の住職・室生真乗に引き取られる。7歳の時に養子となったが、養父母に馴染めず、孤独な少年時代を過ごした。しかし皮肉にも、不遇な出生は犀星文学の糧となった。故郷に対する思い、小さな命や弱い者への慈しみの心を綴り、生きるための力強い賛歌として高く評価されたのだ。

詩才のみならず人徳も持っていた

家庭環境に苦しんだ犀星だったが、それを補って余りある友人たちに恵まれた。彼の交友関係は随筆『交友録より』にも記され、「僕といふ人間を丁寧に考へ」てくれる親友・萩原朔太郎や「先輩といふ城壁を僕は飛び越えて会へる」北原白秋のほか、酒友の佐藤惣之助・竹村俊郎など、多くの師友がいた。これもひとえに、犀星の人徳のたまものだったのだろう。

読んだ気になる代表作ガイド

郷愁と決意が混在する犀星の代表的な一篇

「小景異情・その二」(抜粋)

ふるさとは遠きにありて思ふもの
そして悲しくうたふもの

『抒情小曲集』は1918年、『愛の詩集』に次ぐ2作目として発表され、代表作のひとつとなった。1910年、犀星は21歳のときに作家を目指して上京。詩壇・文壇で名を馳せるまで故郷に帰らないという強い決意で創作に勤しんでいた。有名な一篇「ふるさとは〜」からも、その思いが窺えるが、実際には生活苦のため、幾度となく帰郷を繰り返していた。

岩波文庫
31-066-2
室生犀星詩集
室生犀星自選
岩波書店
『室生犀星詩集』岩波文庫刊

室生犀星とゆかりのある人々

とみ子
室生犀星
友人
萩原朔太郎
北原白秋
菊池寛
芥川龍之介

文壇きってのプレイボーイ

広津和郎《ひろつかずお》

絵画の眼識

売れない画家だった友人・小出楢重に二科展への出品を勧める。すると、小出は見事受賞し、晴れて画壇に登場することとなった。

松川事件

晩年は国鉄三大ミステリーのひとつ松川事件（1949年）に関心を寄せ、5年に渡って『中央公論』で無罪論を展開し続けた。

生没年月日	出身地
1891年12月5日～1968年9月21日	東京府東京市牛込矢来町（現・東京都新宿区矢来町）
特技・趣味	**プロフィール**
博打が好きで、日本に持ち込まれたばかりの麻雀に興じる日々を送る。作家・宇野千代を麻雀狂にしたのも和郎だったという。	小説家・広津柳浪の次男として生まれる。早稲田大学在学中に同人雑誌『奇蹟』を創刊。1917年『神経病時代』で文壇デビュー。

イラスト／ムラシゲ

広津和郎はこんな人

困窮・後妻に冷たい父・兄の非行　最悪だった家庭環境

7歳の時に母を亡くし、11歳の時に父・柳浪が再婚。しかし、柳浪は後妻に冷たく接していたため、和郎は幾度となく父に意見したという。また、当時の柳浪は作家としてのピークを過ぎており、家計は困窮。貧しさに耐えかねた兄が窃盗を繰り返すなど、問題だらけの家庭だった。そんな一家を支えるため、和郎は学生時代から原稿で金を稼ぐようになっていった。

据え膳食わぬは男の恥？　何とも派手な女性遍歴

複雑な家庭環境の影響か、はたまた天性か。和郎は派手な女性関係で知られた。学生時代、下宿先の娘・ふくと肉体関係を結んだ結果、デキちゃった婚。しかし、ふくに対して愛情を持てず、妻と二子を残して別居。離婚できないまま、待合の女主人や女優らと浮き名を流し、最終的にカフェの女給・はまを内縁の妻に。しかし、その後も愛人をつくる好色ぶりだった。

読んだ気になる代表作ガイド

意志の弱い男が追い詰められていく『神経病時代』

気弱な新聞記者・鈴本定吉は仕事と家庭の双方に悩みを抱えていた。仕事では上司の無茶な命令を断れず、家庭では結婚したばかりの妻のヒステリックな性格に困り果てていた。現在の暮らしを捨てて、いっそ田舎でトルストイを読み耽る生活を送りたい。そう思いつつも実行する勇気がなかった。何もかもが憂鬱で精神的に追い詰められていくなか、やがて定吉は妻との離婚を考えるようになる。しかし、そんななか妻から告げられたのは、第二子の妊娠。絶望感に包まれつつ、定吉は下女を雇うことを考えるのだった。

岩波文庫
31-069-1
神経病時代・若き日
広津和郎作
岩波書店
『神経病時代・若き日』岩波文庫刊

広津和郎とゆかりのある人々

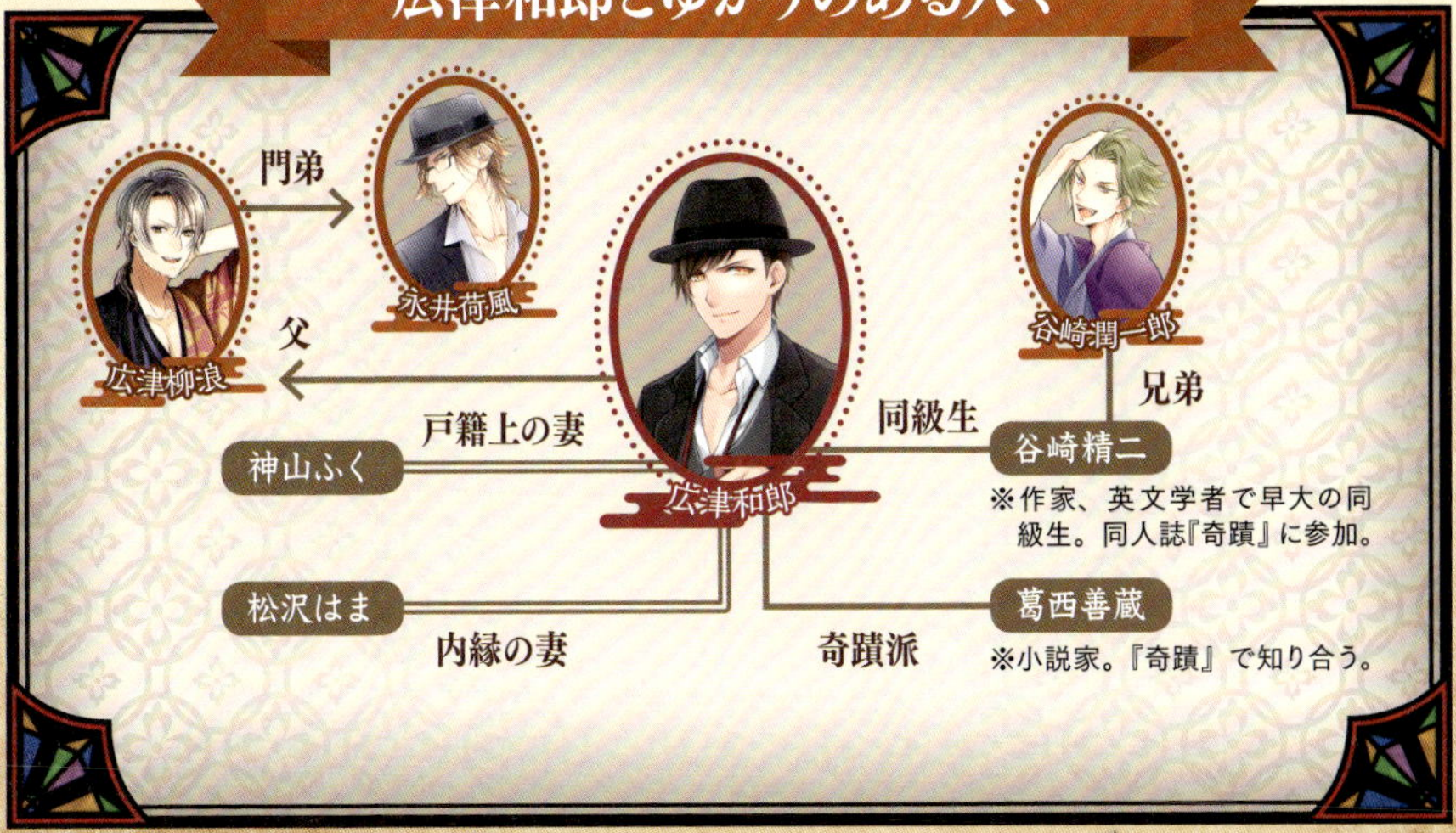
門弟
永井荷風
広津柳浪
父
谷崎潤一郎
兄弟
同級生
谷崎精二
※作家、英文学者で早大の同級生。同人誌『奇蹟』に参加。
戸籍上の妻
神山ふく
広津和郎
松沢はま
内縁の妻
奇蹟派
葛西善蔵
※小説家。『奇蹟』で知り合う。

西洋の幻と江戸情緒

永井《ながい》荷風《かふう》

元祖・散歩の達人

東京・下町を好み、散策した様子を「日和下駄」「深川の散歩」「寺じまの記」「放水路」などの随筆で詳しく描いた。

非婚主義者

芸術と家庭とは共存しないとし、二度の短い結婚以降は妻を持たなかった。一時的に同居はしても、基本はずっと一人暮らしだった。

生没年月日	出身地
1879年12月3日〜 1959年4月30日	東京府東京市小石川区 （現・東京都文京区）
特技・趣味	**プロフィール**
浅草の軽演劇などの文化を愛し、ストリップにも足しげく通った。現在も残る「浅草ロック座」では荷風作の劇が上演されたことも。	内務省衛生局勤務のエリート官僚だった父の元に生まれる。西洋、とくにフランスの文化に惹かれつつ、古き良き江戸情緒も愛した。

イラスト／唯奈

永井荷風はこんな人

親のチカラで米、仏へ 作家としての感性が磨かれる

24歳のとき、実業家になるためという父の計らいで渡米。ハイスクールの授業を聴講するなどした後、横浜正金銀行ニューヨーク支店に職を得る。その後はフランスにも関心を持ち、これもまた父の配慮で同銀行リヨン支店へ転勤。米には4年、仏には1年滞在し、その間の経験をもとに『あめりか物語』『ふらんす物語』を執筆。後者は風俗を乱すとしてのちに発禁になった。

花柳界の面影を追ううちストリップのファンに？

西洋文化に影響を受けた荷風は日本ならではの江戸情緒にも傾倒し、その色を濃く残す花柳界にも足を踏み入れるように。慶大文学部教授の肩書きを持ちつつ、芸妓と一緒に歌沢や三味線にいそしんだ。特に親しかった芸妓・藤蔭静枝とは結婚もしている（のちに離婚）。花柳界への興味は形を変え、のちに玉乃井の私娼や浅草のストリッパーなどへの関心に移っていったようだ。

読んだ気になる代表作ガイド

一人の女性の生き方を 自然主義文学の手法で描いた

厳格な養母に育てられた園子は、女学校卒業後、華やかに社会で活躍したいと願っていたが、教師としてぼんやり日々を過ごしていた。

あるとき文学者の笹村から、非道徳的なやり方で財を手にしたとされる黒淵家の子息・秀男の家庭教師を頼まれ、その邸宅で起居を始める。園子は世の名声や評判を一切気にしなくなったという黒淵家の長女・富子に憧れる。

不貞を働いていた笹村への失望や、勤め先の校長からの強引な求愛を経て、園子は富子のような何にも束縛されない自由な生涯を送ろうと決意する。

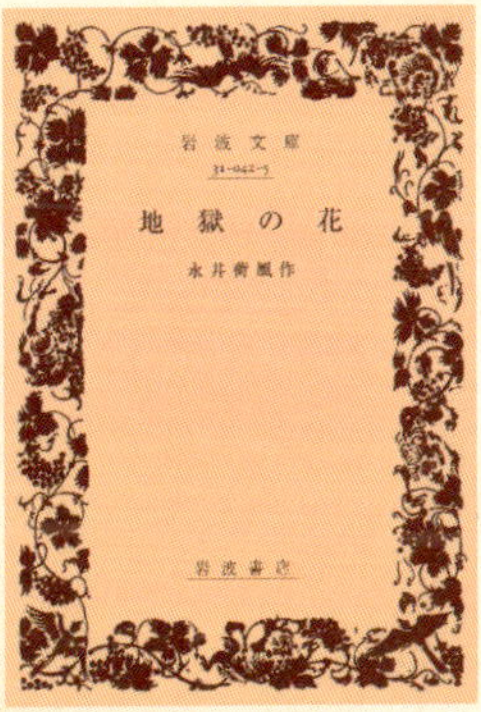

『地獄の花』岩波文庫刊

永井荷風とゆかりのある人々

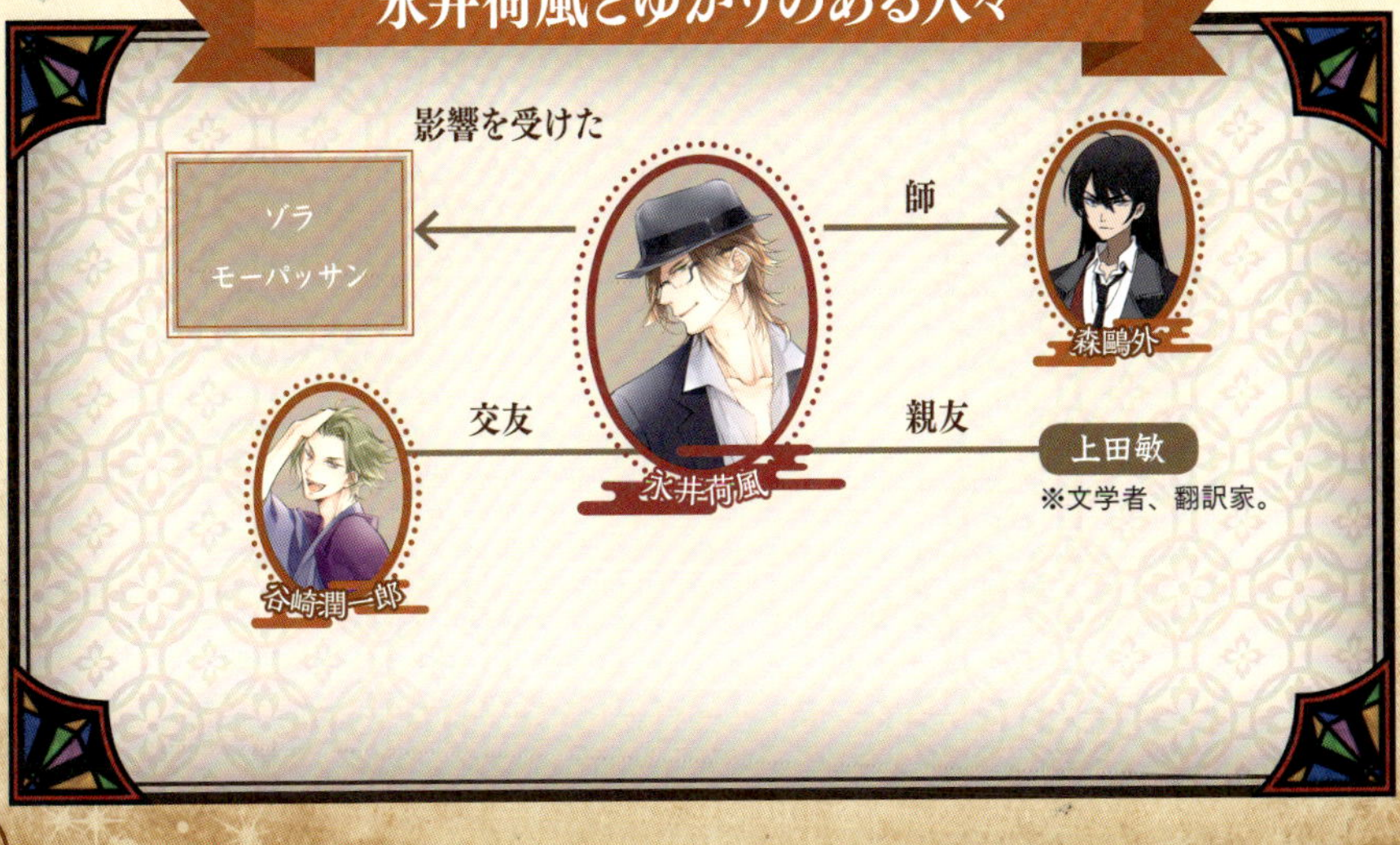

生命を詠んだアララギの歌人

斎藤茂吉《さいとうもきち》

芥川龍之介の自殺

しばしば精神科医として龍之介を診察することもあり、一説によると彼が自殺に用いた睡眠薬は茂吉が処方したものといわれている。

息子も同じ道へ

長男・斎藤茂太と次男・北杜夫は、父・茂吉と同じ精神科医。しかも、文才も受け継いだのか、兄弟揃って文筆業をこなしていた。

生没年月日	出身地
1882年5月14日〜 1953年2月25日	山形県南村山郡 （現・上山市）
特技・趣味	**プロフィール**
食への関心が非常に強く、なかでも好物はうなぎ。戦時中、うなぎが食べられなくなると困るとして、缶詰を買い占めたという逸話も。	歌人、精神科医。伊藤左千夫の門下に入り、アララギ派として活動。生涯で約1万8000首を作歌し、全17冊の歌集を刊行した。

イラスト／猫屋くりこ

斎藤茂吉はこんな人

医師と歌人 二足の草鞋を履いた

茂吉は農家の三男として生まれたが、同郷の医師・斎藤紀一に資質を見込まれ、養子候補として14歳から斎藤家の世話になる。紀一は東京・浅草で医院を開業しており、これより茂吉も上京して医学を学びはじめた。一方、詩歌にも興味を持ち、伊藤左千夫に入門。医学と短歌、ふたつの道を選び、どちらも精力的に活動を続けた。

詩歌に魅せられた 芥川龍之介との交流

師である伊藤左千夫亡きあと、茂吉は島木赤彦とともにアララギ派の中心人物として活躍した。彼の影響を受けた文人は多いが、芥川龍之介もそのひとり。高等学校時代に『赤光』を読んだ龍之介は感銘を受け「僕の詩歌に対する眼は茂吉さんにあけてもらった」と語るほどだ。その後、両者は交流を深め、龍之介は茂吉宛に病苦を訴える手紙を何通も送っている。

読んだ気になる代表作ガイド

当時の歌壇に衝撃を与えた 近代的情緒を持つ処女作

「死にたまふ母」（抜粋）

我が母よ死にたまひゆく我が母よ我を生まし乳足らひし母よ

1913年10月に刊行された茂吉の処女歌集で、初版で834首、改訂版で760首が収録された。右の短歌は同年5月、母・いくの死を見送った様子を綴った連作「死にたまふ母」の1首。全59首・4部構成で、其の一は「母の危篤を知って上山停車場に着くまで」、其の二は「母の看病と死」、其の三は「火葬」、其の四は「須川温泉行」を詠っている。

歌集
赤光
斎藤茂吉著
新潮文庫

『赤光』新潮文庫刊

斎藤茂吉とゆかりのある人々

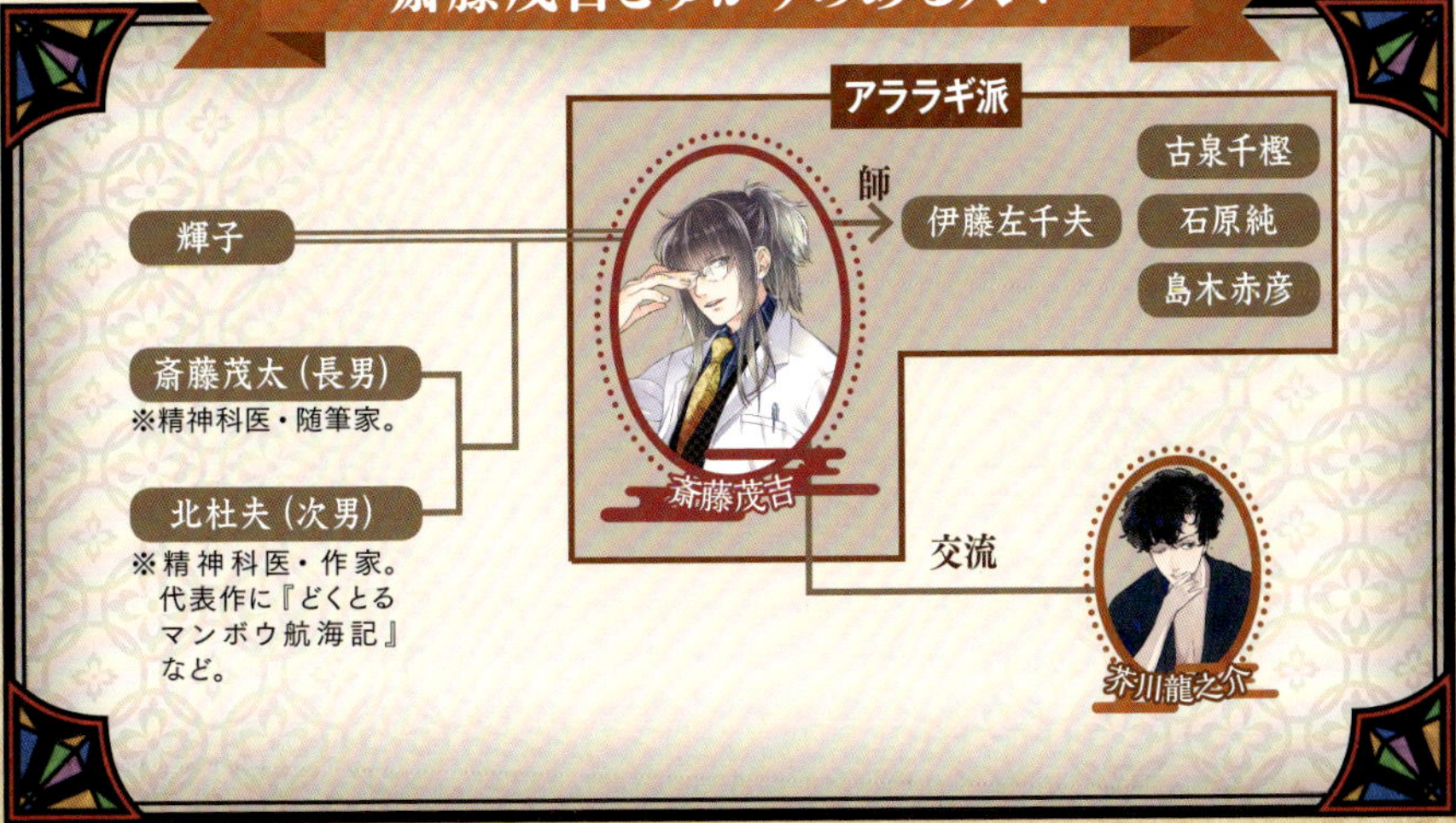

アララギ派
師
伊藤左千夫
古泉千樫
石原純
島木赤彦
輝子
斎藤茂太（長男）
※精神科医・随筆家。
北杜夫（次男）
※精神科医・作家。代表作に『どくとるマンボウ航海記』など。
斎藤茂吉
交流
芥川龍之介

文豪と恋

近親相姦に男色 甘美な恋に耽る

読む者の心を動かす情愛の描写には、書き手の経験の深さが欠かせない。では、かの文豪たちはどのような恋愛体験を積んできたのだろうか。

明治女学校、東北学院で教鞭をとったこともある島崎藤村は、なんと姪っ子と肉体関係を持っていた。姪っ子の名はこま子。藤村は40歳で、こま子は20歳であった。

さすがにまずいと考えた藤村は、こま子との関係を絶つべく渡仏。だが5年後に帰国するや肉体関係は復活する。禁断の関係はよほど甘美なものだったのであろう。

多くの文豪が活躍した明治の時代は、男と女だけでなく男と男の恋愛も珍しくはなかった。

森鷗外の自伝的小説『ヰタ・セクスアリス』の主人公は、ある日、先輩の寄宿舎を訪ねた。そこには布団が敷いてあり、「ちょっとだからこの中へ入って一緒に寝たまえ」と手を引かれる。主人公がなんとか断って家に逃げ帰ると、それを聞いた父が「これからは気をつけんといかん」と、少しも驚かない。これは当時の人々の男色に対する考え方と言えるだろう。

森鷗外は男色を受け身として描いたが、自らの作品の中でカミングアウトする文豪は少なくない。

谷崎潤一郎は『異端者の悲しみ』の中で、同級生の美少年に恋していたことを綴っている。

三島由紀夫の半自伝的小説『仮面の告白』も、同級生の美少年への恋心を描いた作品である。後にゲイであることが世に広まる三島だが、このときは読者も半信半疑であり、まさしく「仮面」で隠された三島の素顔に翻弄されていたのであった。

昭和の文豪

社会主義思想と結びついたプロレタリア文学と、文学手法の革新を目指した新興芸術派が中心に。戦後は無頼派が人気を集め、文学が復興をみせる。

井伏鱒二《いぶせますじ》

ユーモアの中に悲哀を語る技巧派

おじいちゃんっ子

5歳で父親を亡くし、祖父に可愛がられて成長。書や絵画に精通していた祖父から、丸山応挙などの素晴らしさを説かれ画家を目指す。

ゲイ教授に溺愛され…

早稲田大学時代、ロシア文学者・片山伸の元で文学を学んでいたが、同性愛者である片山に迫られ困惑。誰にも理由も言えず中退する。

生没年月日	出身地
1898年2月15日～ 1993年7月10日	広島県安那郡加茂村 （現・広島県福山市加茂町）
特技・趣味	**プロフィール**
画家を目指し、中学卒業と同時に3カ月にわたって京都に写生修業に出たが、19歳の時に画家の橋本関雪に入門を断られ断念する。	旧家の次男として誕生。作家デビューは31歳。多数の小説や随筆集を発表する。翻訳も手掛け漢詩を訳した「サヨナラダケガ人生ダ」が有名。

イラスト／イノオカ

井伏鱒二はこんな人

親友の死をきっかけに甘い夢を捨てて文学一筋に

文学好きの兄に勧められ作家を目指すことになった鱒二は、21歳で早稲田大学仏文科に入学。同じく作家志望の青木南八と知り合い親友になる。その一方で、画家の夢も諦めきれずに日本美術学校にも通い始めるが、青木が急逝したことをきっかけに美術学校を中退。小説を次々と発表しはじめる。青木との思い出を綴った『鯉』は、深い友情をしみじみと想わせる名作である。

弟子の太宰が「悪人」と酷評今も解けない文壇界のミステリー

昭和4年に『山椒魚』を発表し、文壇デビューを飾った鱒二。当時中学生だった太宰治は、これを読み「天才！」と狂喜し、弟子入りを志願した。その後、鱒二は自殺未遂を繰り返す太宰の面倒を見たり結婚の世話までして可愛がったが、太宰の50回忌に公表された遺書に「井伏さんは悪人です」というショッキングな一文が。今も様々な研究者がその謎に挑んでいる。

読んだ気になる代表作ガイド

滑稽な山椒魚の哀愁の物語処女作にして最高傑作『山椒魚』

2年間、住処の岩戸にこもっていた山椒魚は、ある日、大きな頭がつかえて、外に出られなくなったことに気づく。それでも、のんきに外の景色を眺めて喜んでいたが、小エビに笑われた途端に孤独を覚え、悪党気質に変わってしまう。そんな折、一匹の蛙が岩屋に迷い込んできた。山椒魚は蛙を閉じ込めてしまうが、2年後、衰弱した蛙は彼に意外な言葉をかけるのだった。

25歳で発表した『幽閉』を改題し、31歳で『文芸都市』に発表。ユーモアの中に悲哀を込めた作風は井伏作品の象徴であり最高傑作と称されている。

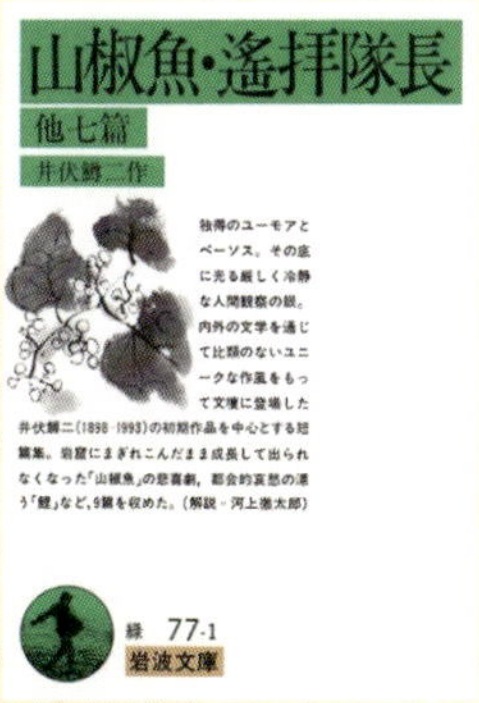
山椒魚・遙拝隊長
他七篇
井伏鱒二作
独得のユーモアとペーソス。その底に光る厳しく冷静な人間観察の眼。内外の文学を通じて比類のないユニークな作風をもって文壇に登場した井伏鱒二(1898-1993)の初期作品を中心とする短篇集。岩窟にまぎれこんだまま成長して出られなくなった「山椒魚」の悲喜劇，都会的哀愁の漂う「鯉」など，9篇を収めた。(解説・河上徹太郎)
緑 77-1
岩波文庫

『山椒魚・遙拝隊長』岩波文庫刊

井伏鱒二とゆかりのある人々

師
絵の師匠
橋本関雪
佐藤春夫
親友
門弟
青木南八
※早稲田大学時代の学友。学業や創作のうえで支えとなっていたが、自殺してしまう。
井伏鱒二
友人
太宰治
飯田龍太

太宰《だざい》治《おさむ》

死に魅せられた苦悶の天才

悩めるお坊ちゃま

財産家のもとに生まれ、小・中学時代と成績はトップ。茶目っ気があり人気者だったが、自身を俯瞰してはその特性に悩んでいた。

洒脱で目立っちゃう

当時としては大柄の171㎝。マントや長靴を着用する独自のオシャレ感も目立ち、周囲から「奇を衒っている」と言われたこともある。

生没年月日 1909年6月19日～ 1948年6月13日	**出身地** 青森県北津軽郡 （現・青森県五所川原市）
特技・趣味 人を引き寄せるのが得意で学生時はクラスの人気者。かたや自殺願望が強く、晩年は酔って友人の檀一雄を心中に誘ったことも。	**プロフィール** 本名・津島修治。県下有数の大地主の家に誕生。無頼派・新戯作派。代表作は『走れメロス』、『斜陽』、『人間失格』など。

イラスト／うおのめうろこ

太宰治はこんな人

芥川龍之介に憧れ続け文壇の大家たちとバトル

若い頃は熱狂的な芥川ファン。落書きノートに芥川の名を書き連ねたり、顎に手をやる芥川ポーズを真似て写真を撮ったり。26歳の時に『逆行』が念願の第1回芥川賞候補になるも落選。批評した川端康成に「刺す。そうも思った」と文芸誌上で恨みを述べ反撃。師事する佐藤春夫に哀願するも受賞は叶わず。文壇を痛烈批判する随筆を発表し、志賀直哉とも確執があった。

陰ある雰囲気でモテモテ人生で5回自殺を試みる

常に精神不安定で、20歳でカルモチン自殺未遂。翌年にカフェの女給・田部あつみと心中するも太宰のみ生き残る。26歳で就職に失敗し首吊り未遂、28歳で内縁の小山初代と心中を図り失敗。その後は井伏鱒二の媒酌で石原美智子と結婚し、1男2女を授かるが、38歳で愛人・太田静子との間にも子が誕生。同年出会った未亡人の山崎富栄と玉川上水で入水自殺を完遂。

読んだ気になる代表作ガイド

美しい滅びを描いた太宰の晩年の代表作

戦後、没落貴族となったかず子と母は、東京の家を売り、伊豆で畑仕事をして暮らす。戦地で行方不明となっていた弟の直治が帰還するが、結核が進行した母は息を引き取る。残されたかず子は、小説家で既婚者の上原を慕って東京へ向かう。一夜をともにし、伊豆へ帰宅すると直治が自殺していた。かず子は上原に向けて最後の手紙を書き、お腹に子どもが出来たと告白。せんない希望を綴って物語は幕を閉じる。滅びゆく人々の葛藤と美を描き、没落貴族を指す「斜陽族」なる流行語も生まれた太宰のヒット長編小説。

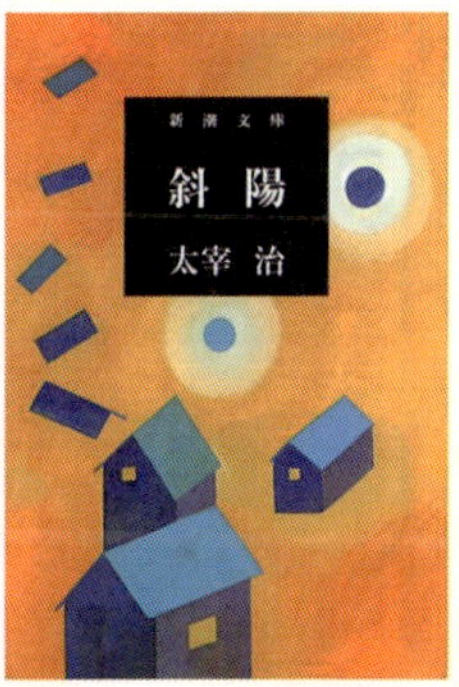

『斜陽』新潮文庫刊

太宰治とゆかりのある人々

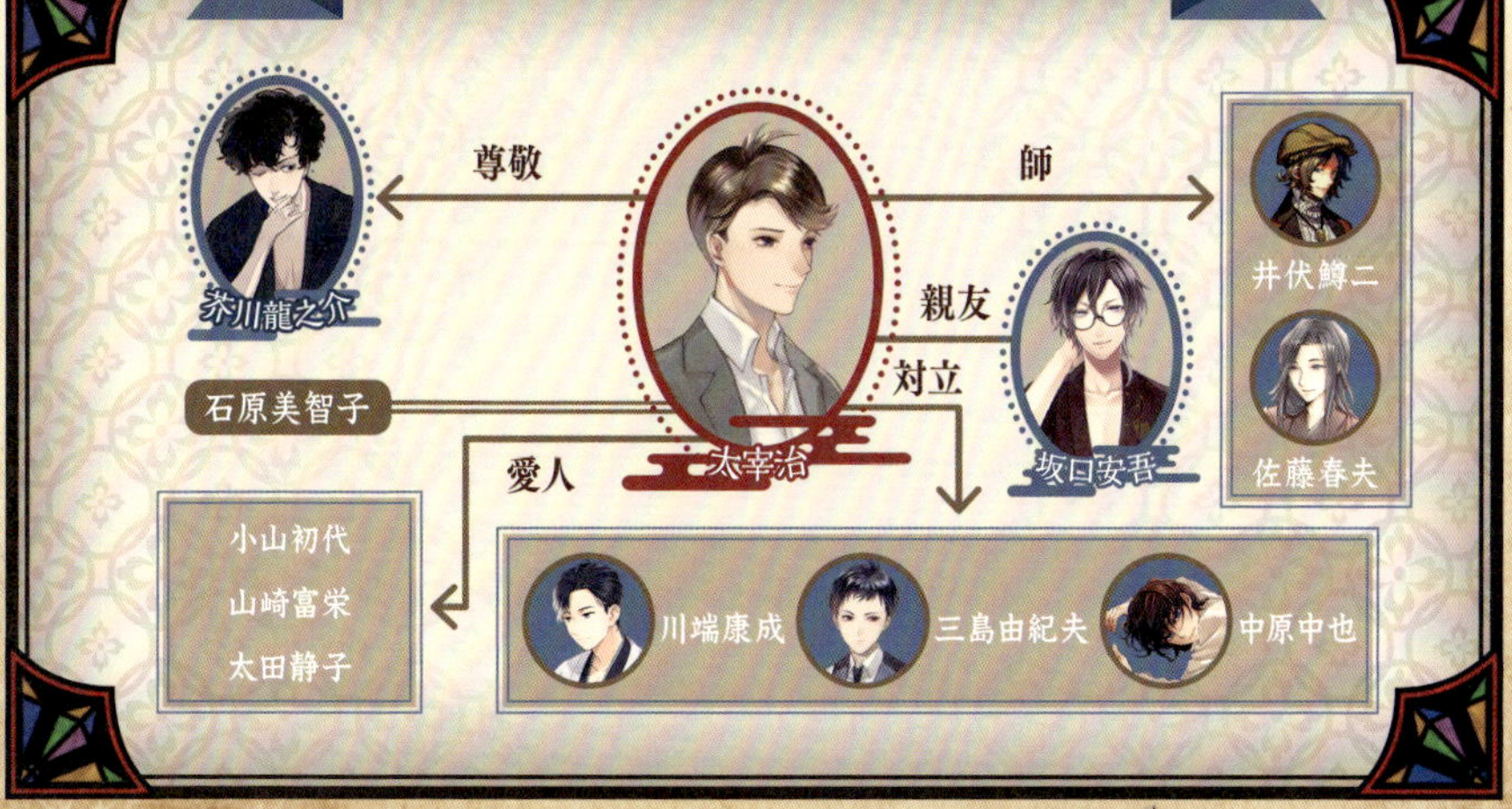

奇想天外な夢Qワールド

夢野《ゆめの》久作《きゅうさく》

正体は今も謎のまま

ある時は新聞記者、ある時は農園主、ある時は僧侶、またある時は作家。生涯を通じて職を転々と変え、肩書が無数にある謎多き人物。

家族を愛する良き夫

肺結核に侵されてしまった妻・クラのために、収入が全くないのにひっこしをするなど、父、妻、息子を愛し抜く家庭的な一面もあった。

生没年月日	出身地
1889年1月4日～ 1936年3月11日	福岡県福岡市小姓町
特技・趣味	**プロフィール**
2歳で四書の素読をし、3歳で元黒田藩能楽師範、喜多流・梅津只圓の下に能楽修行に入門するなど、英才教育を受けて育った。	政治活動家・杉山茂丸の長男。28歳で『顔』を発表。父が社主を務めていた九州日報の新聞記者を経て作家へ。47歳、脳溢血で他界。

イラスト／トミダトモミ

夢野久作はこんな人

スリリングで奇抜な物語に胸を弾ませる夢見る少年

エドガー・アラン・ポーに感銘を受け、秘密結社フリーメイソンメンバーと言われているキプリングの冒険小説を愛読する夢みる少年だった久作。こうして幼少期から養われた超人的な発想力が爆発したきっかけは、20代半ばに目撃した白昼堂々の殺人事件だった。顔見知りの知人が川の対岸で撲殺され驚愕。現実とは信じがたい恐怖体験が常識に捕らわれない発想力を覚醒させた。

常識に捕らわれない発想力は厳しい祖父と父の影響

両親の離婚により、1歳の時に祖父に預けられた久作は、幼い頃から詩経、易経を教えられ、3歳で能の師範に入門。文学、絵画、美術への造詣を深めた。その後、芸術家としての才能を開花させるべく慶應義塾大学予科文学部に入学するが、ありえないことに文化的な活動が嫌いな父親に反対され中退。それでも生涯父親を尊敬していたという。

読んだ気になる代表作ガイド

殺人事件は夢か現実か幻惑か!? 3大奇書・幻魔怪奇探偵小説

主人公『私』が目を覚ますと、隣の部屋から「お兄様…お兄様…タッタ一言お返事を…」と見知らぬ少女の声が呪文のように響いてきた。訳が分からず戸惑っていると九州帝国大学医学部の若林博士なる男がやってきて、ここが精神病科であり自分が殺人を犯したことを教えられる。記憶を取り戻すために『ドグラ・マグラ』なる書を読むよう勧められるが、次は、それは若林の陰謀だと告げる正木教授が現れ——。

完成までに10年を費やした奇書。理性を狂わせる奇妙な内容ゆえ、読破すれば精神に異常をきたすと噂も流れた。

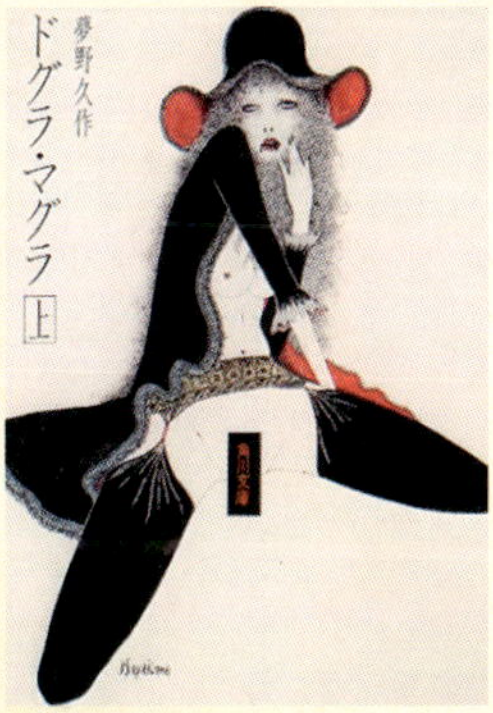
夢野久作
ドグラ・マグラ 上
角川文庫
『ドグラ・マグラ』角川文庫刊

夢野久作とゆかりのある人々

杉山茂丸
父
※実業家、政治活動家。当時の議会の参謀として外交や内政などに関わっていた。
尊敬
江戸川乱歩
夢野久作
親友
後藤隆之助
※政治活動家。
杉山クラ
龍丸(長男)
鉄児(次男)
参緑(三男)

愛に生き愛に散った熱き男

小林《こばやし》多喜二《たきじ》

頼れるお兄ちゃん

21歳の時、亡き父の遺志を継ぎ初任給の半分で弟にバイオリンを贈った頼もしいお兄ちゃん。その喜びで弟はプロバイオリン奏者に。

涙ぐましい努力家

子供の頃から働き者。志賀直哉に憧れながらも家族を支えるため銀行に就職。小説は早朝の仕事前や待ち合わせの合間に10行ずつ書いた。

生没年月日	出身地
1903年10月13日～ 1933年2月20日	秋田県下川沿村 （現・秋田県大館市）
特技・趣味	**プロフィール**
趣味は絵画。小樽商業学校に入学後、美術グループ「小羊画会」を結成。校内で展覧会を開催したが、叔父に反対され断念。	東北の貧しい農家の次男として誕生。幼い頃から労働を強いられた経験から社会に疑問を抱き、労働者をテーマにした小説を発表する。

イラスト／シキユリ

小林多喜二はこんな人

困っている人は見捨てておけない 怪しい店に売られた少女を救出

幼少期に兄を亡くし、伯父のパン工場で働いて家族を支えていた多喜二は、苦労人ながらも、人一倍、愛情深き青年に育った。高校卒業後、北海道拓殖銀行に就職すると生活に余裕ができたが、その矢先、怪しいカフェで働かされていた田口タキを発見。いてもたってもいられず、友人に借金をして身請けし、再び散財してしまう。当時月給は88円、身請け金は500円だった。

身分違いの恋に悩んだタキと別離 恋を諦め労働者の為に立ち上がる

タキと恋に落ちた多喜二。家族も彼女を優しく迎え入れ、一緒に暮らし始めるのだが、将来有望な青年との身分違いの恋に悩んだタキは、自ら身を引き、結局は悲恋に終わってしまった。その後、多喜二は新しい恋人を作ることはなく、過酷労働をテーマにした『蟹工船』を発表。その為に特別高等警察に目を付けられ、拷問のうちに29歳で清廉な人生の幕を閉じる。

読んだ気になる代表作ガイド

過酷な労働を強いられた人々の苦悩とパワーに感銘『蟹工船』

蟹を獲って船上で缶詰に加工する蟹工船に、様々な事情を抱えて乗り込んだ貧しい労働者たちの現状をリアルに描き出した作品。十分な休息も与えられないままに過酷労働を強いられた労働者たちは、ストライキを決行するのだが、船長が海軍に助けを求めたためにあっさりと鎮圧されてしまう。それでも諦めず、2度目のストライキを決行するのだった——。

26歳の時に発表した作品。労働者に共感し、資本家を批判したこの作品により、多喜二は「プロレタリア文学」の旗手と称されるまでになった。

蟹工船
党生活者
小林多喜二
新潮文庫

『蟹工船／党生活者』新潮文庫刊

小林多喜二とゆかりのある人々

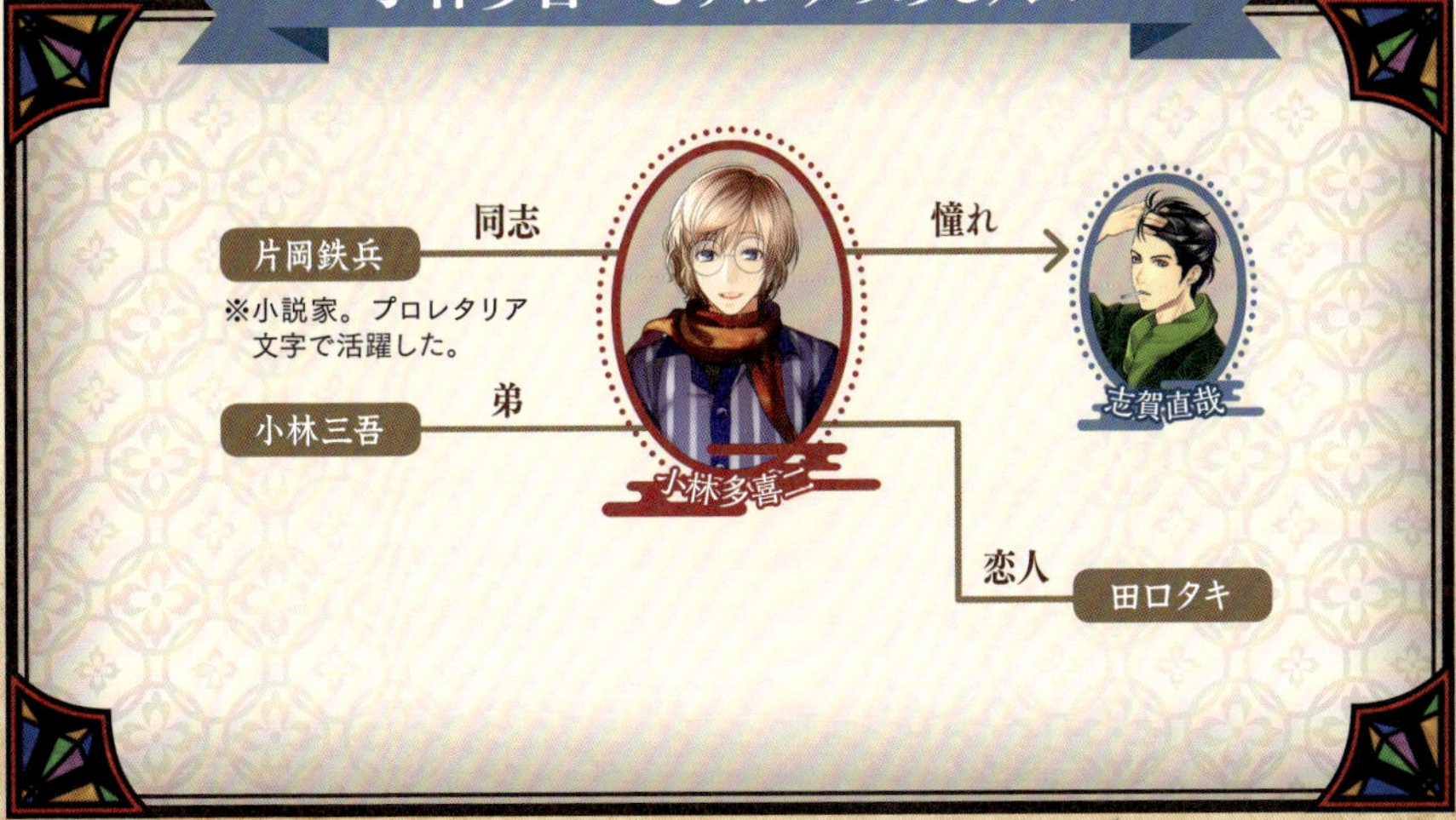

片岡鉄兵
同志
※小説家。プロレタリア文字で活躍した。
小林三吾
弟
小林多喜二
憧れ
志賀直哉
恋人
田口タキ

中島敦《なかじまあつし》

作家生命半年で夭折した文壇の虎

モテモテ高校教師

横浜女子高の教師時代は、女生徒からも教師からもモテモテだった。その後結婚していることが判明し、学校中がザワついたという。

２人の母を亡くし…

２歳で産みの母、15歳で育ての母が他界。母恋しさのあまりか惚れっぽいタイプに。大学時代、一目惚れした相手と学生結婚した。

生没年月日	出身地
1909年5月5日～ 1942年12月4日	東京府東京市四谷区 （現・東京都新宿区）
特技・趣味	**プロフィール**
漢文をはじめ、英語、ラテン語、ギリシャ語も堪能なインテリだった半面、ダンス、ビリヤード、麻雀など多趣味で派手に遊んでいた。	漢学者一族の出身。女学校の教師を務めた後、パラオに赴任。芥川賞候補となり注目を浴びたが、文壇デビューから半年弱で他界。

イラスト／白鴉

中島敦はこんな人

知的で好奇心旺盛で遊び人 女学生を虜にする罪作りな教師

学者の家に生まれた敦は、小学生の頃から成績もよく優等生だったが、東京帝国大学に入学すると一気にキャラが変貌。ダンスホールや雀荘で遊びまくり、複数の女性と親密な関係を重ねるようになった。昭和8年、横浜高等女学校の国語と英語の教師になると、知的なのに女子の扱いが上手い敦は、女生徒の憧れの的に。教え子の1人と禁断の関係に落ちたことも。

川端康成が本気で悔やんだ早すぎた天才作家

『山月記』をはじめ中国が舞台の作品が有名だが、情熱的な和歌や古代ペルシャの物語など、好奇心旺盛な人柄を想わせる魅力的な作品を数多く残している。中でも芥川賞候補になった『光と風と夢』は、スティーヴンソン（『ジキル博士とハイド氏』の作者）が主人公のドラマティックな傑作。落選を知った川端康成は「私には信じられない」と、本気で悔しがったという。

読んだ気になる代表作ガイド

自らの才能を過信した男が人虎に変貌する『山月記』

隴西に住む李徴は博学だったために若くして江南の役人として就任したが、詩人になる夢を捨てきれず、役人を辞めてしまう。自らの文才を過信し、詩作にふけったが、世に認められず、家族を養うために泣く泣く元の役所に再就職。しかし、かつての同僚たちにバカにされ発狂してしまい家を飛びだしたまま戻ってこなかった。その翌年、親友の袁傪が、山の中で言葉を話す恐ろしい人虎に遭遇するのだが、その人虎こそが李徴なのであった——。

亡くなる直前、親友・深田久弥の手で『文學界』に発表された敦の代表作。

李陵・山月記
中島敦
新潮文庫

『李陵・山月記』新潮文庫刊

中島敦とゆかりのある人々

中島撫山 祖父
中島田人 父
中島斗南 伯父
橋本タカ
桓（長男）
格（次男）
中島敦
憧れ
泉鏡花
友人
深田久弥

※明治の教育者。漢学者・亀田稜瀬に師事し、漢学塾を開いた。

日本情緒を愛したロマンチスト

三好《みよし》達治《たつじ》

薄幸の文学少年

本が大好きだったが、家が貧しかったために買って貰えず、図書館に通いつめ夢中になって読書にふけった。好きな作家は徳冨蘆花。

8歳で神経衰弱

名だたる文豪が陥る心の病＝神経衰弱。貧乏ゆえに苦労した達治はわずか8歳で神経衰弱に。小学校を休学するほどナイーブだった。

生没年月日	出身地
1900年8月23日～ 1964年4月5日	大阪府大阪市東区南久宝寺町 （現・大阪市中央区南久宝寺町）
特技・趣味	**プロフィール**
小学生時代の趣味は少年漫画のイラスト収集。中学時代は俳句。翻訳家としても活躍し、ボードレールやファーブル昆虫記を翻訳。	印刷業を営む家の長男として誕生。

イラスト／ムラシゲ

三好達治はこんな人

家業が破産して父は家出 傷ついた心を癒したのは本だった

貧乏だったため、幼い頃から親戚の家をたらいまわしにされた達治少年。そんな彼の心の友は本だった。小学校の頃から夏目漱石や徳冨蘆花を読破し、竹久夢二の絵にうっとり。21歳の時に家業が倒産し、父親が家出してしまうが、ニーチェ、ショーペンハウエル、ツルゲーネフに胸を焦がし、傷ついた心を癒していた。やがて、詩人・丸山薫の影響で、自らも詩を綴るようになる。

「カニの目玉は小人国のマッチ」昆虫記大好きな永遠の少年

『測量船』を発表して詩人となった一方、同年、ファーブルの『昆虫記』の翻訳にも取り組んでいた。その心境を綴った散文の言葉がとても印象的。海辺のカニを観察しながら「まるで御伽噺の小人国のマッチのようなその眼玉が、直立してテレスコープの役目を果たしている」。これを書いたのは達治が30歳の時。大人になっても少年の心を持ち続けたピュアさは感動ものである。

読んだ気になる代表作ガイド

太郎の屋根に雪ふりつむ―― 誰もが感激する名詩集

「太郎を眠らせ、太郎の屋根に雪ふりつむ。次郎を眠らせ、次郎の屋根に雪ふりつむ」（雪）、「母よ、私の乳母車を押せ」（乳母車）など、小学校の教科書でおなじみの詩が39篇収められている処女詩集。日本の原風景を情緒豊かに表現する一方、「私は急いで十字を切る、落葉の積った胸の、小径の奥に」（アヴェ・マリア）、「私のサンチョパンザよ、お前のその短い脚で、もっと貴族的に歩くのだ」（パン）など西洋的な詩や「Enfance finie」「MEMOIRE」など外国語タイトルもあり、翻訳家としての一面も色濃く表れている。

三好達治
測量船
kodansha
bungei bunko

『測量船』講談社文庫刊

三好達治とゆかりのある人々

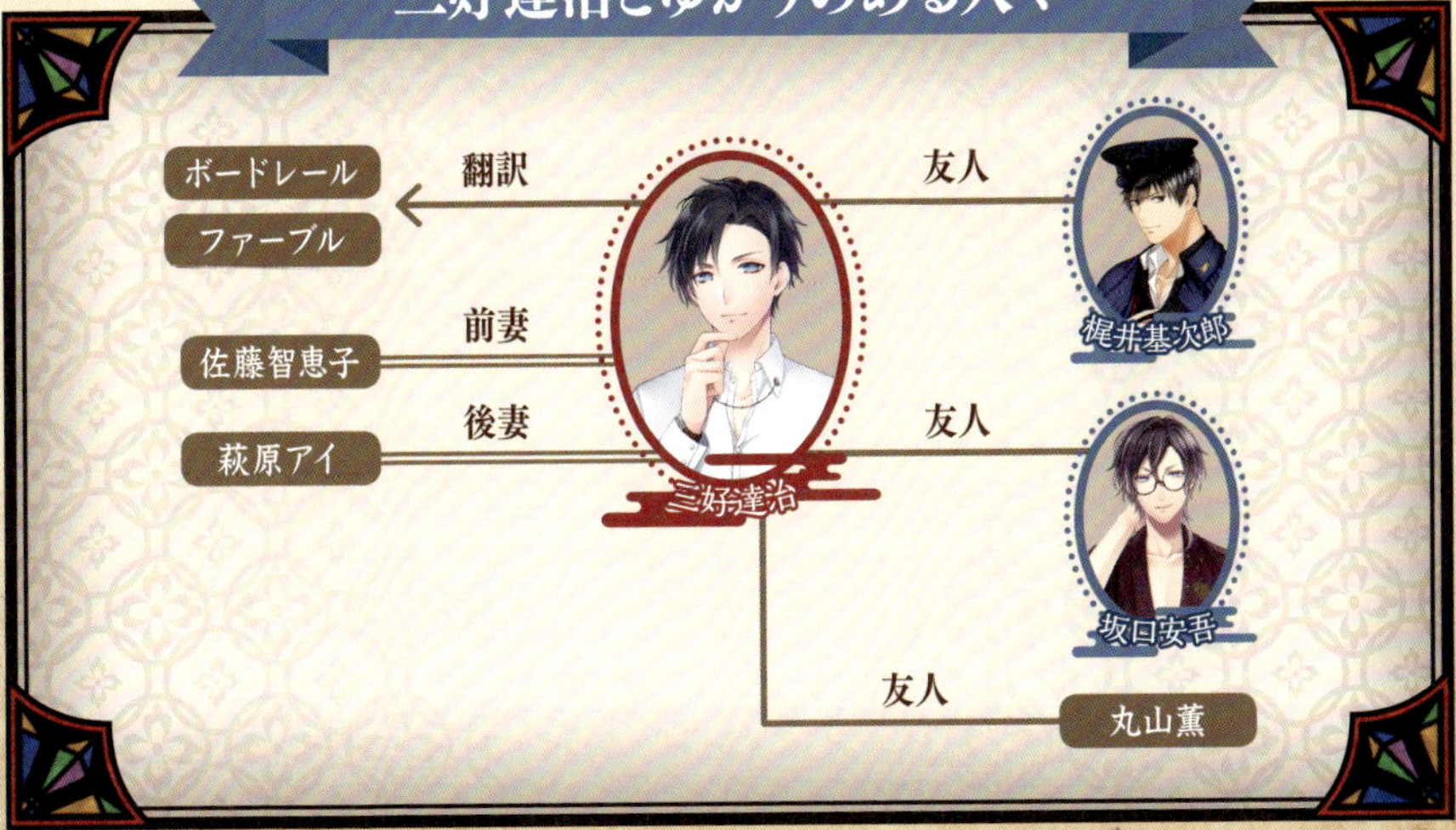
三好達治
翻訳
ボードレール
ファーブル
前妻
佐藤智恵子
後妻
萩原アイ
友人
梶井基次郎
友人
坂口安吾
友人
丸山薫

本当の幸せを追い求めた 宮沢賢治《みやざわけんじ》

少年時代は早熟だった

恋愛を避けていたことで有名だが、実は早熟ボーイ。18歳の時、入院先の看護婦に恋をし、父親に「結婚したい」と懇願して叱られた。

実の妹と週1で文通

とにかく妹のトシが大好き。妹が日本女子大に入学すると文通を始め、高校の寄宿舎のルームメイトに自慢げに読み聞かせていた。

生没年月日	出身地
1896年8月27日～1933年9月21日	岩手県稗貫郡里川町（現・岩手県花巻市）
特技・趣味	**プロフィール**
語学が堪能で、英語、ドイツ語、フランス語、エスペラント語に精通。高校生の頃には、アンデルセン童話の原書を読みふけっていた。	裕福な商家に誕生。創作した詩を「心象スケッチ」と呼び、独特の世界観を描く。童話集『注文の多い料理店』は、近代児童文学の傑作。

イラスト／時々

宮沢賢治はこんな人

困っている人は見逃せない お金よりも大事なのは人間愛

家は花巻で有名な質・古着商。幼い頃から、貧しい人々が質草になけなしの服を差し出す姿を見て胸を痛めていた賢治は、次第に奉仕の心が芽生え、困っている人にはどんどんお金をあげてしまうようになる。成人して上京した後もその癖は治らず、特に訳ありのウエイトレスに破格のチップをはずみ、自分は芋を食べて暮らしていた。晩年は貧しい農民を助けるべく病身を捧げた。

教師時代、校内に裸婦像を飾り 教え子たちを困惑させていた

クラシック音楽や、絵画、演劇などの芸術に造詣のあった賢治。25歳で稗貫（現・花巻）農学校の教員になると、校内にゴッホやセザンヌ等の複製画を飾り、生徒達にも鑑賞させていた。ところがある日、裸婦像を飾ったことに生徒達は思わずニヤリ。すると賢治は「これも芸術だ」と激怒したそうだが、同時期、職員室で同僚と春画を楽しんでいたというお茶目なエピソードも！

読んだ気になる代表作ガイド

友人の崇高な死に感銘 それによって名作を作り上げた

貧しい家に生まれた少年・ジョバンニは、学校に通いながら働き、病気の母の看病をしていた。星祭りの夜、久しぶりに遊びに出ると、どういうわけか銀河を走る鉄道に乗っており、目の前には親友のカムパネルラが悲しい顔で座っていた。個性的な乗客と交流しつつ、2人は本当の幸福を探そうと誓うが、なぜか彼だけが元の村に帰還し、親友の不慮の死を知らされる——。

カムパネルラのモデルは高校時代の友人。彼が溺れた人を助けて溺死したことに感銘を受け、物語を書き上げた。宮沢童話を代表する未完の傑作。

新編
銀河鉄道の夜
宮沢賢治
新潮文庫

『新編銀河鉄道の夜』新潮文庫刊

宮沢賢治とゆかりのある人々

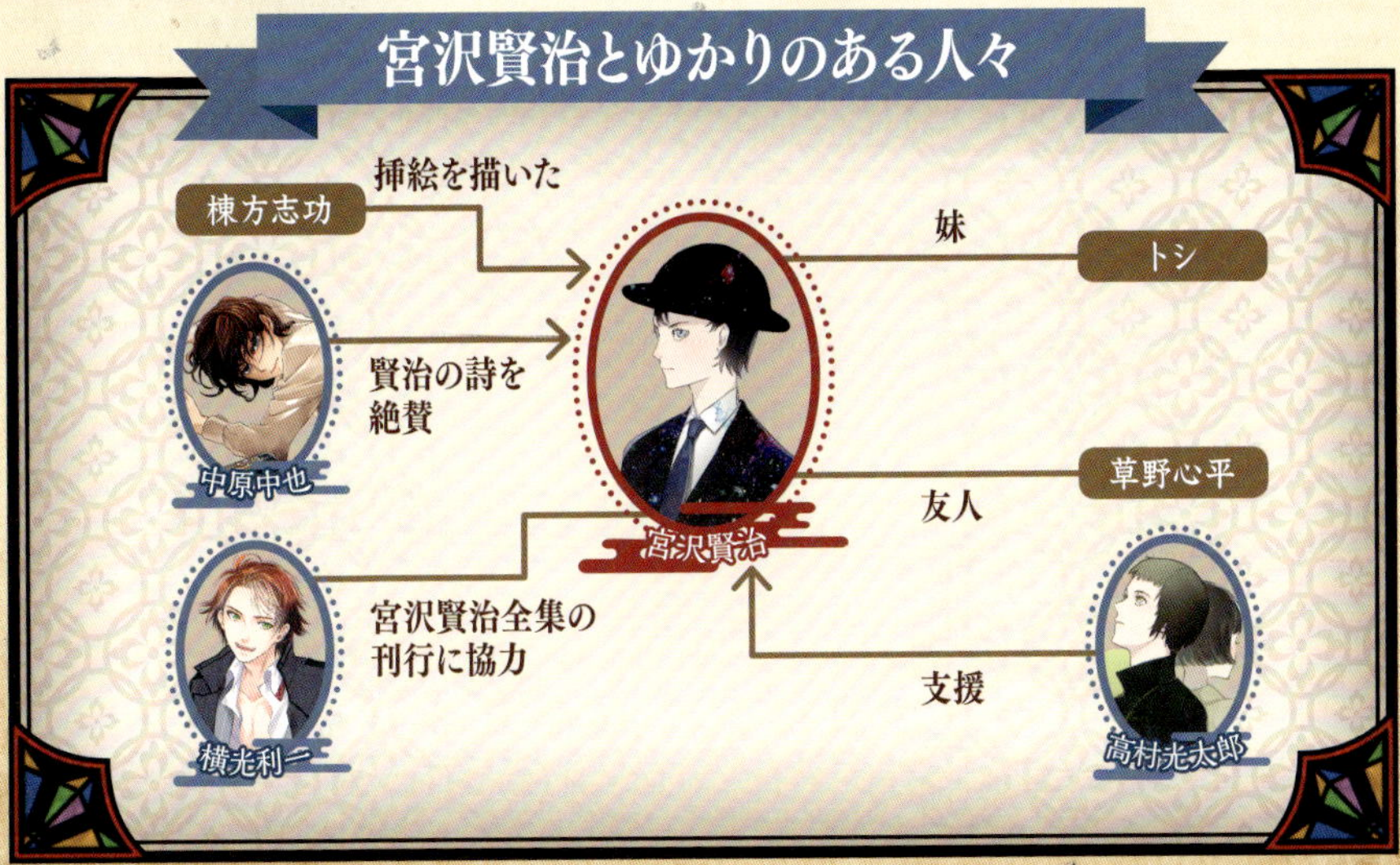

棟方志功
挿絵を描いた
妹
トシ
賢治の詩を絶賛
中原中也
宮沢賢治
友人
草野心平
宮沢賢治全集の刊行に協力
横光利一
支援
高村光太郎

昭和の文豪

中野《なかの》重治《しげはる》

芸術で理想を叶えようと奮闘

超がつくほどの手紙魔

家族や友人に手紙を出しまくっていた。そのうち653通が神奈川県近代文学館に保管され、500通は『愛しき者へ』として出版された。

だけど字は汚い…

手紙はどれも長文。紙一面に、隙間なくびっしり書かれた文字は、お世辞にも上手とは言えず、読み解くのに相当な時間がかかる。

生没年月日	出身地
1902年1月25日〜1979年8月24日	福井県坂井郡高椋村一本田（現・坂井市丸岡町）
特技・趣味	**プロフィール**
絵を描くこと。自画像をはじめ、花や道具などを多くの写生したスケッチ画、詩と水彩画が描かれた色紙など、多くの絵が残されている。	農家の次男として誕生。震災後、室生犀星に出会い師事。東大時代にプロレタリア文学運動に参加し、検挙される。45歳で参議院議員に当選。

イラスト／唯奈

中野重治はこんな人

芥川龍之介が絶賛した戦うプロレタリア作家

父親の仕事の関係で4歳で家族と別れ、祖父母に育てられた重治は、田舎の風景や農工具や古い城（丸岡城）に美しさを感じとる、感受性豊かな少年だった。東京帝国大学独逸文学科に入学すると同人誌『驢馬』を創刊。反戦活動を謳った『夜明け前のさよなら』などを発表した。これを読んだ芥川龍之介が感激。「今日のプロレタリア作家を抜く事数等ならん」と称えた。

平等な世の中になることを願い同じ志を持つ妻と一生添い遂げた

芸術を通じて平等な世の中を作ることを願い日本プロレタリア芸術連盟に入会。その活動中に出会ったのがプロレタリア劇団の女優・原泉だった。凛とした瞳が印象的な美女で、2人は間もなく結婚する。愛妻家としての重治の想いは多くの手紙で知ることができるが、家族写真の多さでも一目瞭然。最後のスナップ写真は、世田谷の自宅前で妻と散歩する姿だった。

読んだ気になる代表作ガイド

青春時代の苦悩と成長を描いた重治の自伝的小説『歌のわかれ』

金沢に住む高等学校の生徒・片口安吉の心の支えは、詩や歌を書くことだった。大学進学を期に上京した彼は、尊敬する作家であり詩人の藤堂高雄を訪ねるチャンスを得る。彼の「謙虚であるより、傲慢であれ」という教えに共感していたのだが、本人の横柄な態度に嫌悪感を覚えてしまう。その後、校内の短歌会に参加した安吉は、最高点に入ったのだが、歌の社交的な扱われ方に反感を覚え、遂に歌との決別を決意するのだった――。

中野重治自身の多感な青春時代をモデルに書かれた自伝的小説。

中野重治
nakano shigeharu
村の家
おじさんの話
歌のわかれ

『村の家／おじさんの話／歌のわかれ』講談社文庫刊

中野重治とゆかりのある人々

絶賛
師
芥川龍之介
中野重治
室生犀星
原泉
中野鈴子
妹・詩人
大学の後輩・同人
堀辰雄

孤独と向き合う天性の詩人

中原中也《なかはらちゅうや》

文学にハマリ不良に

短歌作りや読書に熱中するあまり不良少年になってしまう。やがて落第となった中也は故郷を出て京都の立命館中学校に編入した。

山高帽の天才詩人

『山羊の歌』、『在りし日の歌』しか残していないが今もファンは増える一方。トレードマークの山高帽と黒マントはあまりに有名。

生没年月日	出身地
1907年4月29日～ 1937年12月22日	山口県吉敷郡山口町 （現・山口県山口市湯田温泉）
特技・趣味	**プロフィール**
お酒が好きで、酒乱のエピソードがたくさん残っている。酒の席で太宰治にからみ、檀一雄も交えての喧嘩になったという逸話も。	医者の家に生まれ幼い頃から神童と言われた。若くしてダダイズムに傾倒。多くの文人と関わるが、1冊の詩集だけを残し夭折。

イラスト／汐街コナ

中原中也はこんな人

詩作の礎となった「ダダ」という思想

16歳のときに京都の立命館中学に編入すると、既成の概念を否定する芸術思想"ダダイズム"に強い影響を受ける。幼少より短歌を新聞に投稿するなど文才豊かだったが、本格的に詩作を始めたのはこの頃。もっとも影響を受けたのは高橋新吉で、詩を愛読した。一見意味を持たない言葉や、オノマトペ、虚無感を表す表現が詩の中に見受けられるのもダダイズムの影響だ。

文学史に残る「奇妙な三角関係」

中也には若くして同棲していた恋人がいた。京都で出会った長谷川泰子という劇団員だったが、上京後、彼女は評論家小林秀雄と接近し恋仲になる。波乱に満ちたこの愛憎劇を小林は「奇妙な三角関係」と呼び、後世に語り継がれることとなった。長谷川がほかの男性と結婚した後も、中也とは親密な関係で、長谷川の夫となった中垣氏は中原中也賞の設立に尽力した。

読んだ気になる代表作ガイド

今もなお愛される詩人の最初で最後の詩集

汚れつちまつた悲しみに
今日も小雪の降りかかる
汚れつちまつた悲しみに
今日も風さへ吹きすぎる
汚れつちまつた悲しみは
たとへば狐の革裘《かはごろも》
汚れつちまつた悲しみは
小雪のかかつてちぢこまる
（汚れつちまつた悲しみに……より）

20代前半までの詩作を集めた一冊。孤独をうたいながらも、豊富なボキャブラリーと天性のリズム感を発揮し、独自の詩世界を追求している。

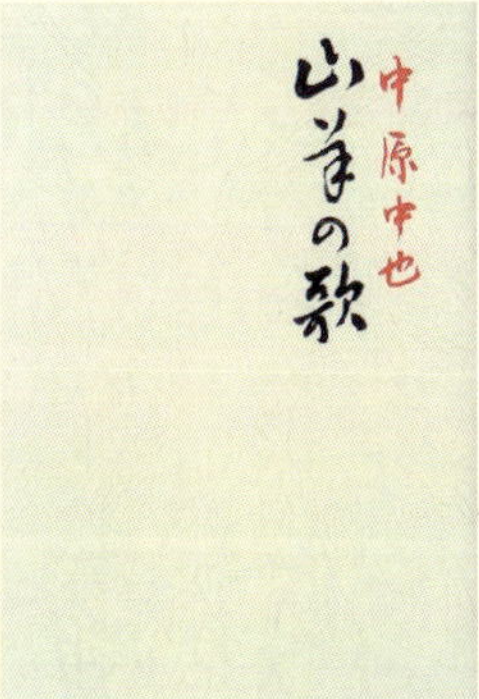
中原中也
山羊の歌

『山羊の歌』日本図書センター刊

中原中也とゆかりのある人々

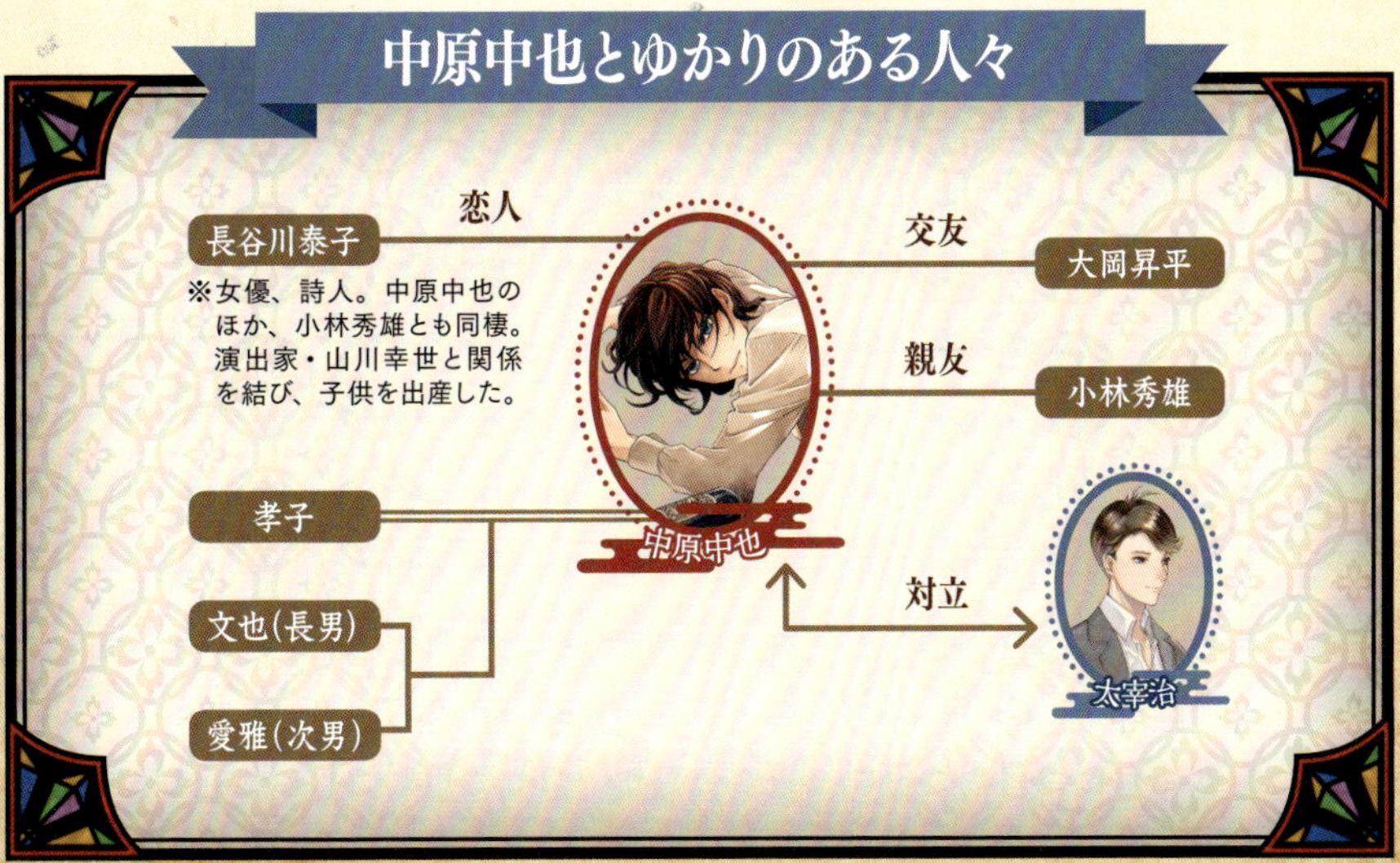
長谷川泰子
恋人
※女優、詩人。中原中也のほか、小林秀雄とも同棲。演出家・山川幸世と関係を結び、子供を出産した。
交友
大岡昇平
親友
小林秀雄
孝子
文也（長男）
愛雅（次男）
中原中也
対立
太宰治

自然と動物が大好きなメルヘン青年

新美南吉《にいみなんきち》

18歳でごんぎつね執筆

子供のころから作文が得意だった南吉。14歳から詩と童話を書きはじめ、名作童話『ごんぎつね』は、なんと18歳の時に書きあげた！

空想大好き少年

成績優秀なのに体格検査で落ち受験に失敗したほど病弱だったため、趣味は空想。後に「空想は尊い」と綴った日記が発見された。

生没年月日	出身地
1913年7月30日～ 1943年3月22日	愛知県知多郡半田町 （現・愛知県半田市）
特技・趣味	**プロフィール**
子供の頃から作文が得意で小学校6年間で常に成績は最高評価の「甲」。チエーホフやアンデルセンが大好きだったため、童話作家になった。	畳屋を営む両親の次男として誕生。19歳の時、児童雑誌『赤い鳥』に「ごん狐」を発表。小学校の教員を務めながら詩や童話の執筆を続けた。

イラスト／佐々子

新美南吉はこんな人

複雑な家庭環境で育ち 幼くして孤独に悩む薄幸の少年

4歳で母が他界し、その後、父は再婚したものの、すぐに離婚。南吉は母方の祖母の養子に出されてしまった。祖母が偏屈だったため寂しさに耐えきれず、半年足らずで父親の元に舞い戻ったものの、父は同じ女性と再婚。あまりに複雑な家庭環境で育ったせいで、わずか8歳にして孤独の苦しみを知った南吉少年だったが、子供雑誌『赤い鳥』に出会って夢中になった。

宮沢賢治と比較されがちだが 美人で賢い女医の彼女がいた

子供の頃から病弱で、地元の教員を務め、子供たちに好かれており、童話作家になった。その経歴があまりに宮沢賢治と似ているために、しばしば比較されがちだが、生涯童貞を貫いたといわれる賢治とは違い、南吉には3人の恋人がいた。その内の1人、中山ちゑは、誰もがうらやむ美人女医。さらに驚くことに、彼女はごん狐に登場する中山さまというお殿様の子孫だった！

読んだ気になる代表作ガイド

寂しい子狐と孤独な男 皮肉な結末が涙を誘う物語

山の中でひとりぼっちで暮らしていた子狐のごんは、しばしば村人に悪さをしていた。ある日、兵十という男がはりきり網でうなぎを捕まえているのを見つけ、男が目を離した隙にうなぎを盗んでしまう。ところが、十日後、兵十の母親が病気で死んだことを知ったごんは、大変悔み、自分と同じく孤独になった兵十に、魚やまつたけなどをこっそり届けるようになった。しかし、それを知らない兵十は、戸口にいたごんを火縄銃で撃ってしまう——。

人生の皮肉さを諭した名作童話。昭和6年『赤い鳥』に掲載された。

『ごんぎつね』偕成社刊

新美南吉とゆかりのある人々

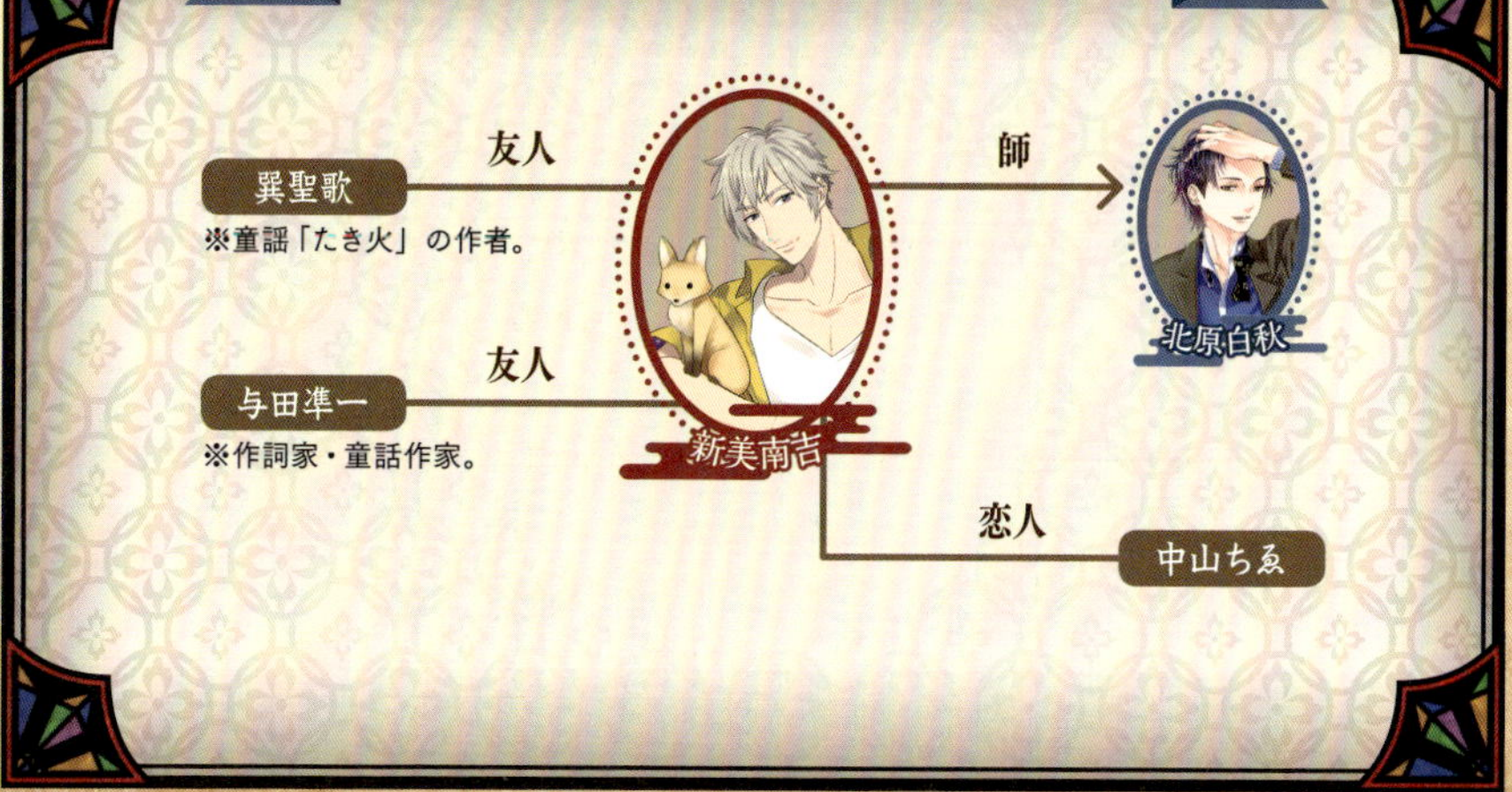

昭和の文豪

妖しく狂おしい推理の世界

江戸川乱歩《えどがわらんぽ》

無類の整理整頓マニア

分類と整理整頓が大好き。東京・池袋の自邸に隣接した蔵に推理小説や歴史学などの書籍や資料を大量に保管し、細密に分類していた。

自分自身を余さず記録

自分に関する記事や広告などはすべてスクラップしてまとめていた。手紙を書くときもカーボン紙で複写したものを残しておいた。

生没年月日	出身地
1894年10月21日～1965年7月28日	三重県名賀郡名張町（現・三重県名張市）
特技・趣味	**プロフィール**
幼い頃から幻灯（スライド映写）やレンズ、鏡やそのしくみに興味を持っていた。成人後は映写機や編集機など機器も揃えるように。	講談本と探偵ものを好んだ祖母と母の影響で探偵小説に興味を持つ。大学入学後に欧米の推理小説に出会い、自分も執筆するように。

イラスト／シキユリ

江戸川乱歩はこんな人

「日本では認められない」渡米を考えたことも

大学時代、密室殺人を題材にした小説を投稿したが、日本ではまだ推理小説が一般的ではなかったため落選。「渡米して英語で探偵小説を書きたい」などの夢を持ちながら職を転々とし、29歳（大正12年）の時「二銭銅貨」と「一枚の切符」を書き上げる。翻訳探偵小説に力を入れていた雑誌「新青年」に送ったところ絶賛され、推理小説家として活躍を始める。

特殊な犯罪はすべて「乱歩作品のせい」！

昭和初期に「エログロ」と呼ばれていた価値観からさらに踏み込み、サディズム、マゾヒズム、少年愛、人形愛などを題材に、特殊性癖や人間の異常性を追求する作品を多く生み出した乱歩。現実に特殊な犯罪が起こると、マスコミは乱歩の作品の影響だと喧伝した。これについて乱歩は不快感を表明しつつ、通俗的なものを書いたからには致し方ないことだと書き残している。

読んだ気になる代表作ガイド

人間の心理や変態性の危うさを推理小説として描きあげた

錯視や人間の変態性に焦点を当てた推理小説で、名探偵・明智小五郎が初めて登場した『D坂の殺人事件』。

D坂の喫茶店「白梅軒」の常連である「私」と明智小五郎は、向かいにある古本屋の妻の絞殺死体を見つける。その妻は体中に傷跡があることが、以前、銭湯に出入りする女たちの噂になっていた。関係者の証言の食い違いや状況証拠の不可解さから捜査は難航するが、私は明智が犯人であると推理。だが明智は否定し、真犯人を提示。その日の新聞には、明智が名指した真犯人が自首したという記事が載った。

江戸川乱歩傑作選
新潮文庫
『江戸川乱歩傑作選』新潮文庫刊

江戸川乱歩とゆかりのある人々

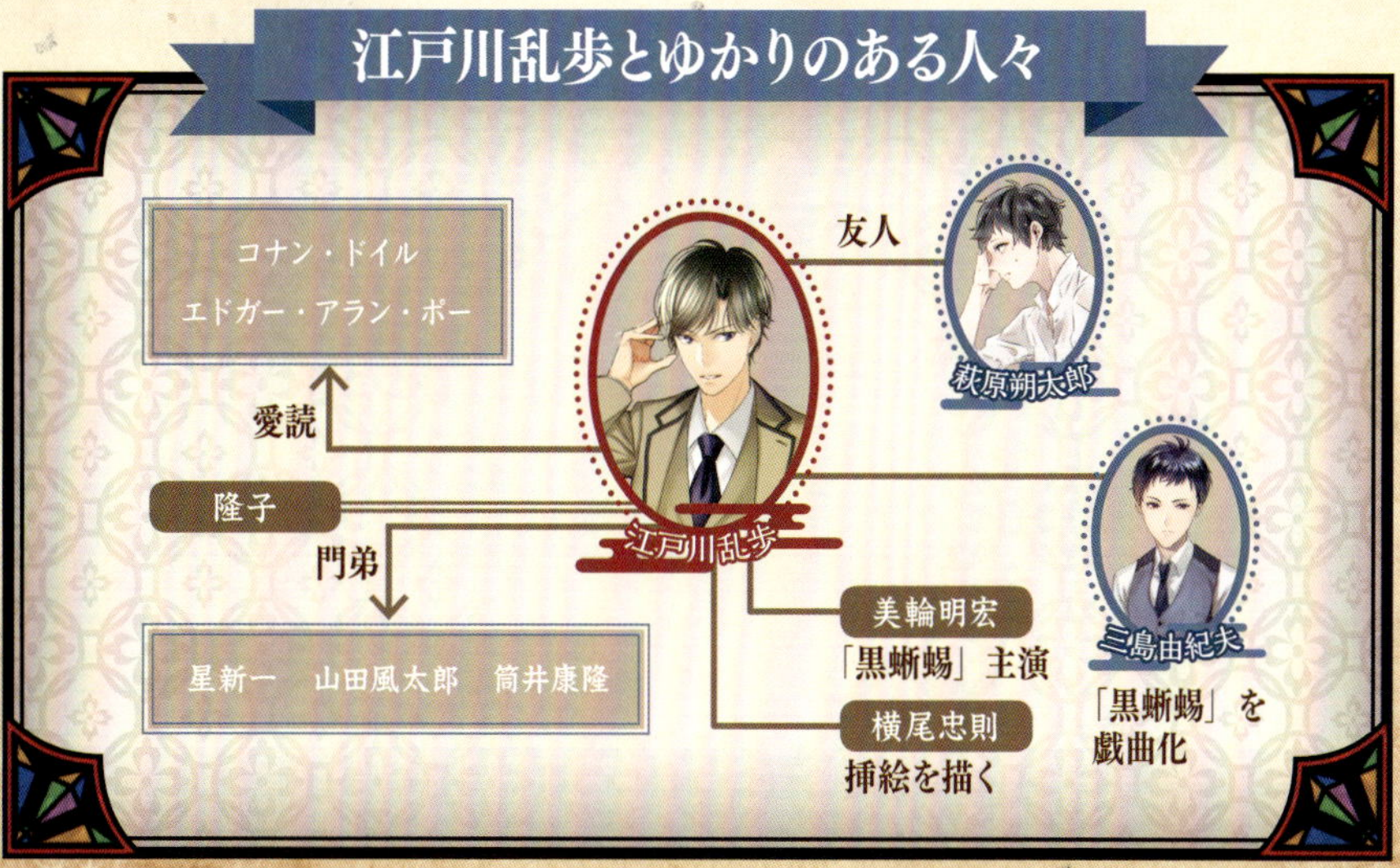
コナン・ドイル
エドガー・アラン・ポー
愛読
隆子
門弟
星新一　山田風太郎　筒井康隆
江戸川乱歩
友人
萩原朔太郎
三島由紀夫
「黒蜥蜴」を戯曲化
美輪明宏
「黒蜥蜴」主演
横尾忠則
挿絵を描く

妻を愛し抜いた文学の神様

横光利一《よこみつりいち》

子煩悩すぎるパパ

長男の象三を「象べェ」と呼んで溺愛。息子を喜ばせるために大量のオモチャを買い与え、そのあまりの数に妻も呆れたほど。

川端康成と大親友

菊池寛を通じて知り合い、一生の友となったのが川端康成。近代日本文学を象徴する新感覚派コンビとして文壇のアイドルに！

生没年月日	出身地
1898年3月17日～ 1947年12月30日	福島県北会津郡 （現・福島県会津若松市）
特技・趣味	**プロフィール**
25歳で発表した『日輪』を映画化した衣笠貞之助監督との出会いで、映画に興味を抱いた利一は、作品にも映画的な表現法を取り入れた。	父は鉄道技師。18歳で早稲田大学に入学。文体にとらわれず世相に応じた作風を試みた新感覚派の筆頭格。代表作は『機械』『上海』等。

イラスト／猫屋くりこ

横光利一はこんな人

『文学の神様』と称されたカリスマだが私生活は愛妻家

早稲田大学に入学後、菊池寛の雑誌『文藝春秋』に『蠅』を発表後、文学の神様と称されるカリスマ作家へと成長した。一方、私生活では愛妻家であり、最初の妻・君子を結核で亡くすと、思い出を瑞々しい表現で綴った。君子の死後は再婚をかたくなに拒んでいたが、利一のファンであり、前妻との物語も愛読していた千代と結婚。生涯を通じ仲睦まじく寄り添った。

あの岡本太郎をもハラハラさせた無邪気な性格

昭和11年。欧州旅行に出かけた利一は、フランスのマルセイユに着くなりげんなり。著書『欧州紀行』によると「これは想像したより、はるかに地獄だ」と感じたという。さて、この旅には同行者がおり、それが「芸術は爆発だ」で有名な芸術家・岡本太郎。あまりに露骨に顔に出す利一に「逆に無邪気とも言えるほどで…何か放っておけないような気持ちに」と、後日談で明かした。

読んだ気になる代表作ガイド

天国に旅立つ直前の愛妻との想い出を綴った愛の物語

結核を患い残り少ない余命を病室で過ごしていた妻。最初は、些細な会話を交わすだけだった2人だが、次第に妻は夫に対する独占欲をむき出しにするようになる。庭先では病気の進行を象徴するようにダリヤが枯れていき、遂に死を覚悟した妻は「聖書を読んで」と夫に懇願する。そんな矢先、ふいに友人からスイートピーの花束が届き、2人の胸に春が訪れる——。

君子との思い出を綴った『春は馬車に乗って』。消えゆく命を花と対比させることで、リアルな描写の中に痛いほどのロマンティックな愛を感じさせる。

機械・
春は馬車に乗って
横光利一
新潮文庫

『機械・春は馬車に乗って』新潮文庫刊

横光利一とゆかりのある人々

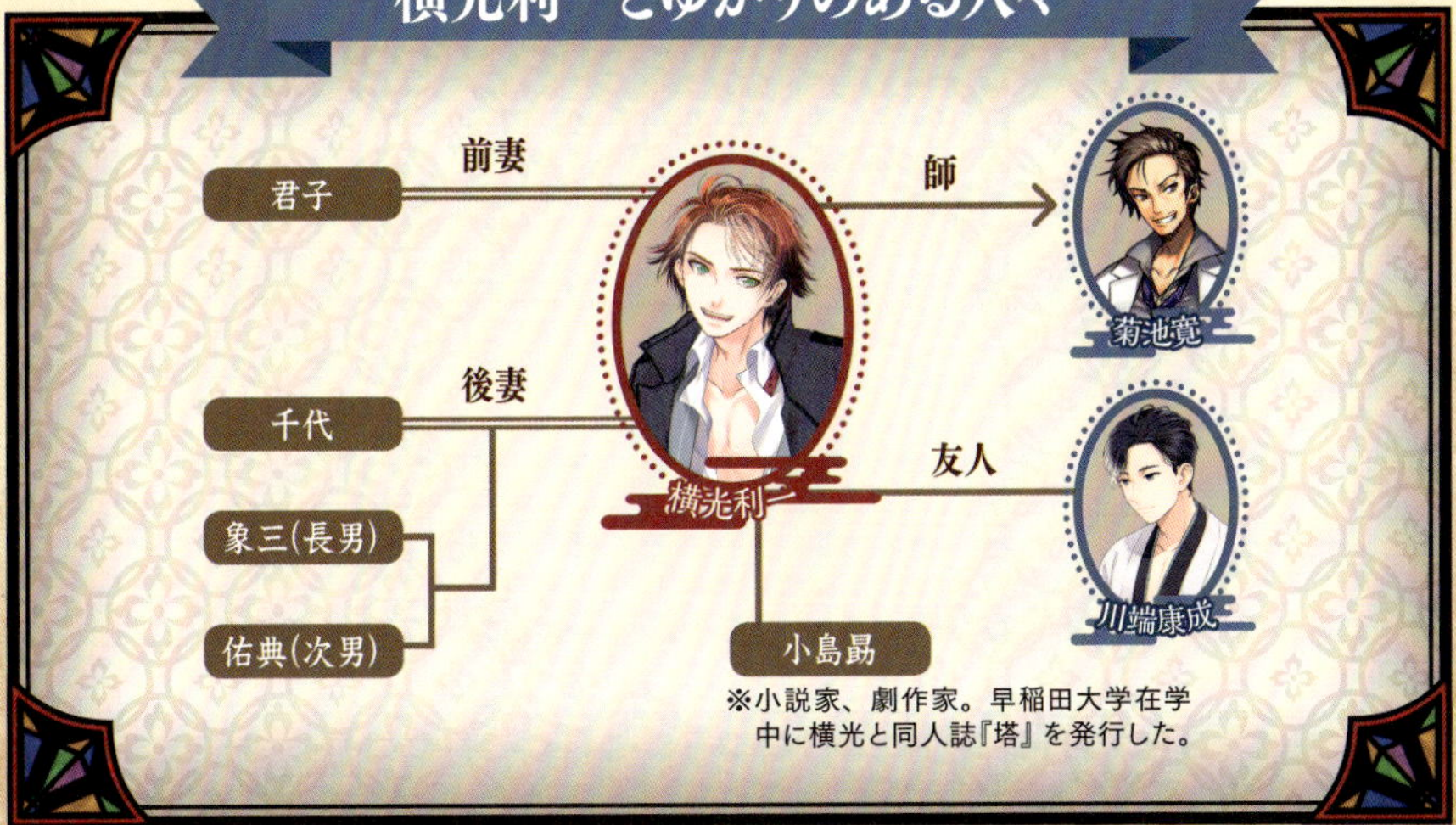
君子
前妻
師
菊池寛
千代
後妻
横光利一
友人
川端康成
象三(長男)
佑典(次男)
小島勗
※小説家、劇作家。早稲田大学在学中に横光と同人誌『塔』を発行した。

堕落は人間の真の姿と説いた

坂口《さかぐち》安吾《あんご》

破天荒な酒豪の美食家

グルメで有名な安吾はときに高級食材をぶち込んだ「安吾鍋」を周囲に振舞った。また相当な酒好きで、飲み過ぎで吐血したこともあった。

大柄で運動神経抜群

中学時代は走り高跳びで全国優勝。柔道、水泳も得意だった。大人になってからは文士野球に参加しゴルフも嗜んだ。

生没年月日	出身地
1906年10月20日～1955年2月17日	新潟県新潟市
特技・趣味	**プロフィール**
スポーツ、学問と多才であるが囲碁・将棋も大いに好み、京都で碁会所席主として生活していたこともある。名人戦の観戦記も執筆。	本名・坂口炳五。評論や歴史・推理・自伝小説など多彩な作品を発表。代表作は『堕落論』、『白痴』、『桜の森の満開の下』など。

イラスト／ムラシゲ

坂口安吾はこんな人

"偉大な落伍者"を目指し文学・哲学・言語に精通

幼い頃は餓鬼大将。中学留年時には教師に「お前に炳五という名は勿体ない。自己に暗い奴だからアンゴ（＝暗吾）と名のれ」と言われる。本人は「余は偉大な落伍者となる」と豪語し、東洋大学進学後は哲学と梵語、ラテン語、ギリシャ語などを一度に学ぶ。アテネ・フランセに通いフランス語も習得。同校の長島萃らと同人誌を創刊。以後も多数の文学者らと親睦を深めた。

美人作家とは悲恋に終わりヒロポン中毒で珍騒動を展開

26歳で女流作家・矢田津世子と交際を始めるが一時離別し、再会後は絶縁を言い渡される。5年越しの恋は実らず、のち津世子は病死。その後は秘書の梶三千代と結婚生活を送るが、太宰治が自殺した頃から鬱状態となり、ヒロポン、アドルム中毒に陥る。国税庁との闘争など騒動を起こすことも増え、檀一雄宅に居候中、ライスカレーを百人前頼ませる珍事件もあった。

読んだ気になる代表作ガイド

終戦直後の日本に生き方の指標を説いた

第二次世界大戦後の混乱期にある人々に大きな影響を与えた随筆・評論。終戦後、若者は闇屋と化し、勇士を健気に見送った女は新たな男に想いを移す。義士も聖女も堕落していくのは敗戦が原因ではなく、自由となった世に人間本来の姿が戻ってきたからだ、と主張する。戦時中の日本には虚しい美徳があったのみで、人々を戦に駆り立てる武士道や天皇制を強いた政治的理由は愚かなものだ、とも述べる。生きているから堕ちるだけだ、と、従来の倫理・道徳の概念を超えて人間本然の姿を見つめるよう示唆した作品。

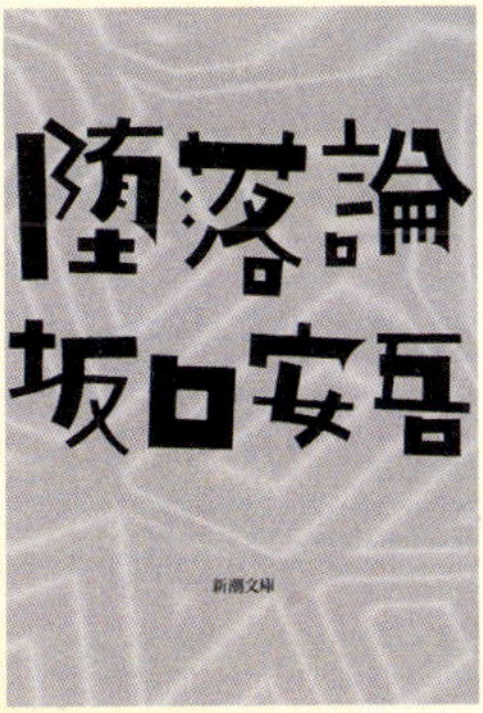

堕落論
坂口安吾
新潮文庫

『堕落論』新潮文庫刊

坂口安吾とゆかりのある人々

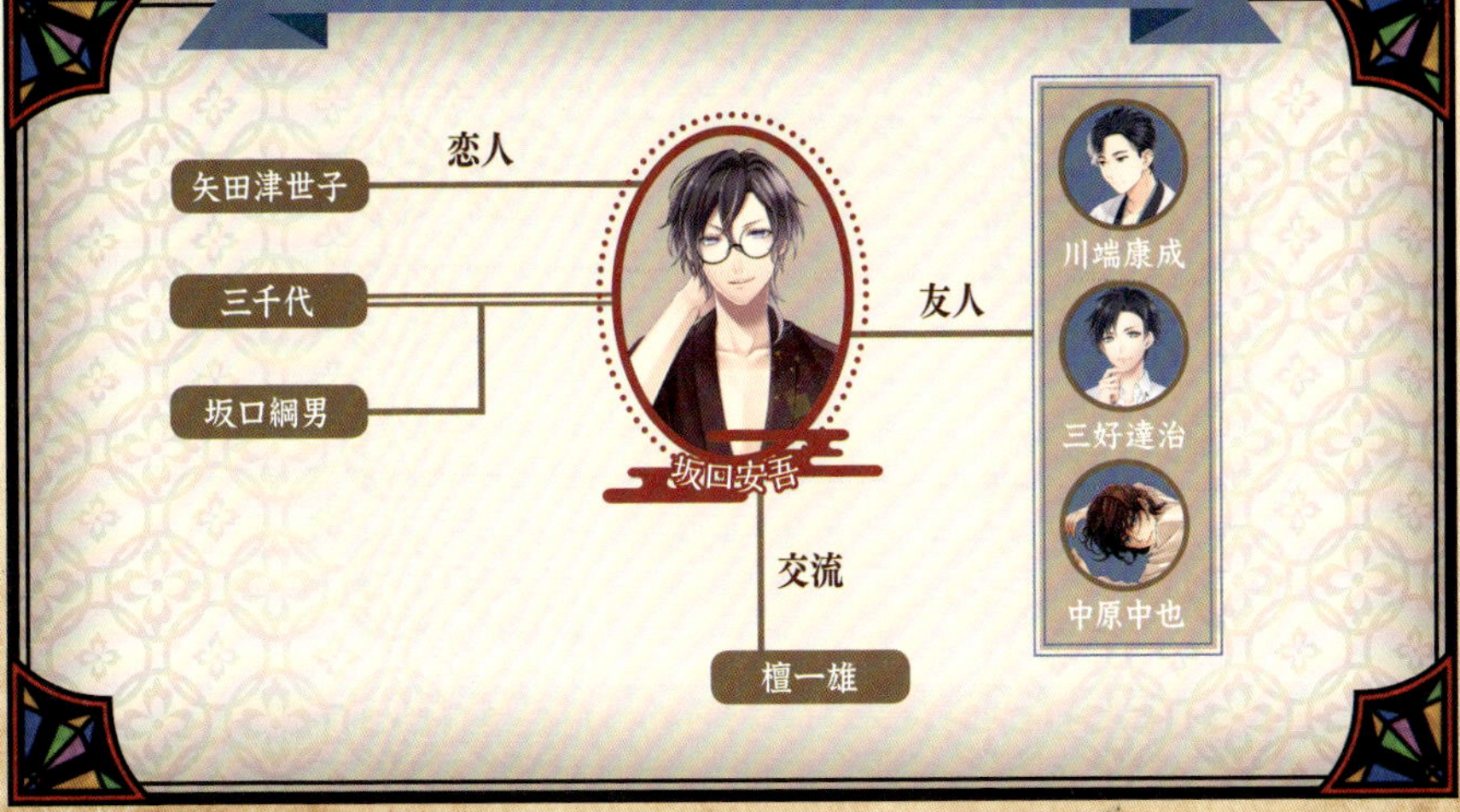

恋人
矢田津世子
三千代
坂口綱男
坂口安吾
友人
川端康成
三好達治
中原中也
交流
檀一雄

命の美を教える愛の申し子

堀《ほり》辰雄《たつお》

亡き母は美しい人

子供の頃、花を生ける美しい女性の写真を見た辰雄は、その美貌に一生惹かれ続けた。それは19歳の時に亡くした母の若き日の姿だった。

卒論は芥川龍之介論

芥川龍之介の大ファンだった辰雄。師の室生犀星に紹介されて大感激したのもつかの間、芥川は自殺。熱い思いを卒論に込めた。

生没年月日	出身地
1904年12月28日～1953年5月28日	東京府東京市麹町区（現・東京都千代田区）
特技・趣味	**プロフィール**
ジャン・コクトー、ポール・ヴァレリー、レイモン・ラディゲなど、フランス文学を好み、多くの作品にもその影響が表れている。	昭和2年『ルウベンスの偽画』でデビュー。代表作『風立ちぬ』は、何度も映画、ドラマ化され、近年アニメの題材に。48歳、結核で他界。

イラスト／佐々子

堀辰雄はこんな人

大切な人たちの死を見守り傷つきながらも愛を綴った

19歳の時、関東大震災で母を亡くして以降、大切な人たちの死を幾つも見守った辰雄。23歳の時、崇拝していた芥川龍之介が他界し、30歳で婚約者・綾子を天国に見送る。その度に傷つきながらも、大切な人に向けた想いを小説に注いだ。芥川への思いは『聖家族』、綾子への愛は『風立ちぬ』として発表。どちらも死をテーマにしながらも、生きる力を感じる美しい物語である。

34歳で自分の悲しい生い立ちを知っても両親を慈しむ優しい人柄

結核に侵され生死の境をさまよう中、34歳の時、父・松吉が他界。その際、初めて松吉が養父だったと知り、自分は私生児ではないか、母は元芸者だったのでは、など疑惑を抱く。しかし、嫌悪するどころか「なんだかお母さんの事がかわいそうでかわいそうで…」と書き残した。優しい彼の周りには多くの文豪が集まり、室生犀星、川端康成などに愛され文壇の星となった。

読んだ気になる代表作ガイド

亡き婚約者との時を閉じ込めた涙を誘う愛と命の物語『風立ちぬ』

「風立ちぬ、いざ生きめやも」。夏の軽井沢、結核療養中の節子が風に吹かれながら絵を描く姿を眺めていた主人公「私」は、ふとポール・ヴァレリーの詩の一節を口ずさむ。その後、節子は治療に専念するが、医者に「この病院で2番目に重病」と告げられてしまう。私は死を覚悟する一方で、病に抗い、限られた時間を大事に生きようとする彼女を支えていく——。

節子のモデルとなったのは、実際に辰雄の婚約者であった矢野綾子。死を目前にしながらも、希望を感じさせる爽やかな文章が優しい涙を誘う。

『風立ちぬ／菜穂子』小学館文庫刊

堀辰雄とゆかりのある人々

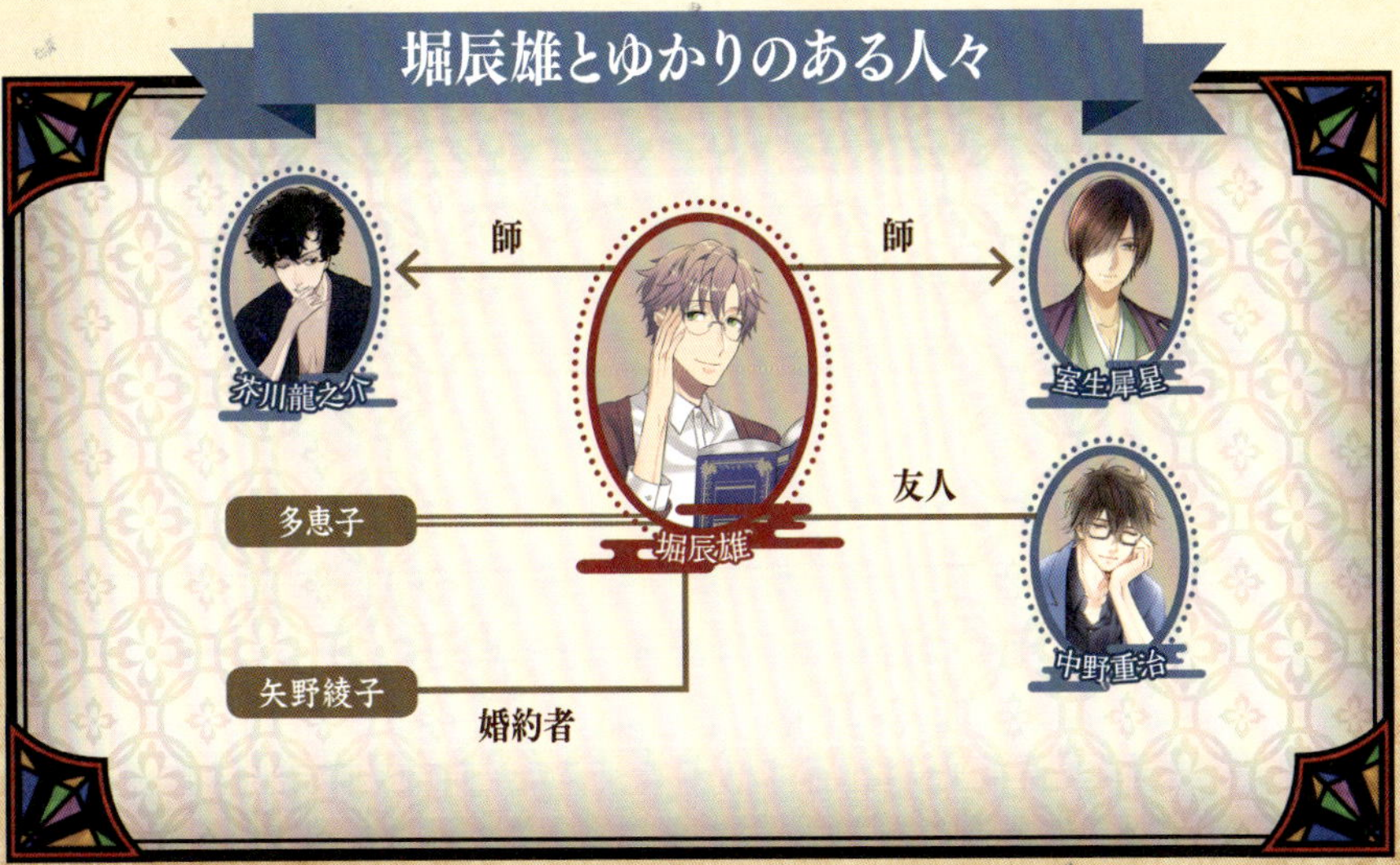

浪速っ子に愛された天衣無縫なモテ男

織田《おだ》作之助《さくのすけ》

劇作家から流行作家

20代前半は劇作家を目指していたが、スタンダール『赤と黒』に感銘を受け小説家を志す。『俗臭』が室生犀星に認められ芥川賞候補に。

オダサクと呼ばないで

「オダサク」の愛称がつくほど大衆に愛されていたが、本人は「軽視されているような気がする…」と、ちょっぴり気にしていた。

生没年月日	出身地
1913年10月26日～ 1947年1月10日	大阪府大阪市南区 (現・大阪府天王寺区)
特技･趣味	**プロフィール**
映画や演劇、音楽、さらには競馬や俳句とその趣味は幅広かった。食べ歩きも大好きで「自由軒」の生卵入りカレーは現在も残る名物。	大阪の仕出し屋に誕生。25歳で『雨』を発表。戦争の混とんの中でも執筆を続け、戦後まもなく流行作家に。33歳で惜しまれつつ永眠。

イラスト／イノオカ

織田作之助はこんな人

戦争終焉をきっかけに無頼派トリオとして大ブレイク

昭和13年に処女作を発表したものの、注目を浴びることはなく、翌年、やりくり上手な宮田一枝と結婚すると、日本工業新聞社に入社。そのまま平凡な生活を強いられるかと思われた。しかし、その翌年『夫婦善哉』が大衆に受け大ヒットし、『俗臭』が芥川賞の候補に。戦後は、太宰治、坂口安吾と共に権威主義に反抗する「無頼派」と呼ばれて、一躍スターに！

苦労をかけた妻に告げた最期の言葉が超ロマンティック

人気作家となった作之助は、現在、発表されている50数編の短編小説のほとんどを7年で一気に書き上げた。しかし、無謀な量の仕事をこなすため酒とヒロポンを大量摂取し喀血。血が喉に詰まり窒息しかけて夫人が口で血を吸い上げたが、入院を余儀なくされる。陰気な病室の中、最期に残した言葉は「お前に想いが残って死にきれない」という甘い一言だった。

読んだ気になる代表作ガイド

ダメ男に惹かれるデキる美女芸者とボンボンの愛の奮闘記

舞台は大阪。貧しい両親のために芸者になった蝶子だったが、化粧品問屋の息子・維康柳吉と駆け落ちしてしまう。しかし、柳吉はどんな商売をやっても飽きてしまい破産の連続。その度に蝶子は芸者に復帰して家計を支える。いつか柳吉の父の許しを得て正式に結婚したいと願う彼女だったが義父の死を知り、ショックのあまり自殺未遂。そんな蝶子に柳吉は、法善寺境内で「夫婦善哉を食べよう」と誘い――。

ダメ男を支える苦労人の女。そして、2人を囲む大阪の町人たちの姿を生き生きと描いた人情溢れる大衆文学。

夫婦《めおと》善哉《ぜんざい》
織田作之助
新潮文庫

『夫婦善哉』新潮文庫刊

織田作之助とゆかりのある人々

坂口安吾
太宰治
無頼派
宮田一枝
織田作之助
推薦
室生犀星
友人
青山光二
※小説家。高校の同級生で在学中に作之助たちと同人誌『海風』を作った。

昭和が生んだ最後の文豪

三島《みしま》由紀夫《ゆきお》

昭和の国民的作家

傑作を多く残した昭和の偉人。45歳で亡くなったが短編も長編も数多く残した。ノーベル賞候補になるほど世界的評価が高かった。

サブカルチャー好き

漫画や映画、映画などのサブカルチャーを好んだ三島。自身の作品『憂国』が映画化される際は、監督・脚色・主演までも務めた。

生没年月日	出身地
1925年1月14日～1970年11月25日	東京都四谷区永住町（現・東京都新宿区四谷）
特技・趣味	**プロフィール**
30歳の頃からボディビルを始め肉体を鍛えた。ほかにもボクシングなどの格闘技に熱中。42歳の時には自衛隊に体験入隊した経験も持つ。	10代より小説を執筆し、20代にして売れっ子作家となった。晩年は政治的な活動も多く45歳の時、自衛隊市ヶ谷駐屯地で自決。

イラスト／うおのめうろこ

三島由紀夫はこんな人

川端康成との緊密な関係

三島が帝大時代に短編小説『中世』、『煙草』を持って川端康成を訪れたことをきっかけに2人には師弟のような関係が生まれた。『煙草』は川端を介し雑誌『人間』に掲載され、このことは三島が文壇で名を売る第一歩となった。川端とは、家族ぐるみの親密な交際が続けられ、三島の死の直前まで手紙のやり取りもあった。三島の葬儀のときも川端が葬儀委員長を務めた。

昭和の大事件となった三島由紀夫の死

遺作『豊饒の海』第四部『天人五衰』を書き終えた三島は、楯の会の部下と共に市ヶ谷駐屯地に向かった。総督を人質にとり自衛隊全隊員を集合させることなどを要求。憲法改正や自衛隊の決起を呼びかける演説を行い、総督室で割腹自殺した。作家として成功しながらも政治活動にも熱心だった三島のセンセーショナルな死は、昭和の大事件として人々の記憶に残っている。

読んだ気になる代表作ガイド

若者の鬱屈をリアルに描いた

内省的な性格の溝口（私）は、世に対し背を向けるように生きていた。金閣寺の徒弟となると、同輩の鶴川、学友の柏木、老師などと関わりを持つが、京都での出会いや徒弟としての生活もまた、溝口を鬱屈した感情から解放してくれなかった。そしてあるとき「金閣を焼かねばならぬ」と感じ、金閣寺を焼く計画を実行する。

金閣寺最上階、究竟頂で死のうとするが入れず戸外に駆け出す。左大文字山の頂きで火の粉の舞う夜空を見ながら煙草を吸いながら、溝口は「生きよう」と思う。

三島由紀夫
Mishima Yukio
金閣寺
新潮文庫
『金閣寺』新潮文庫刊

三島由紀夫とゆかりのある人々

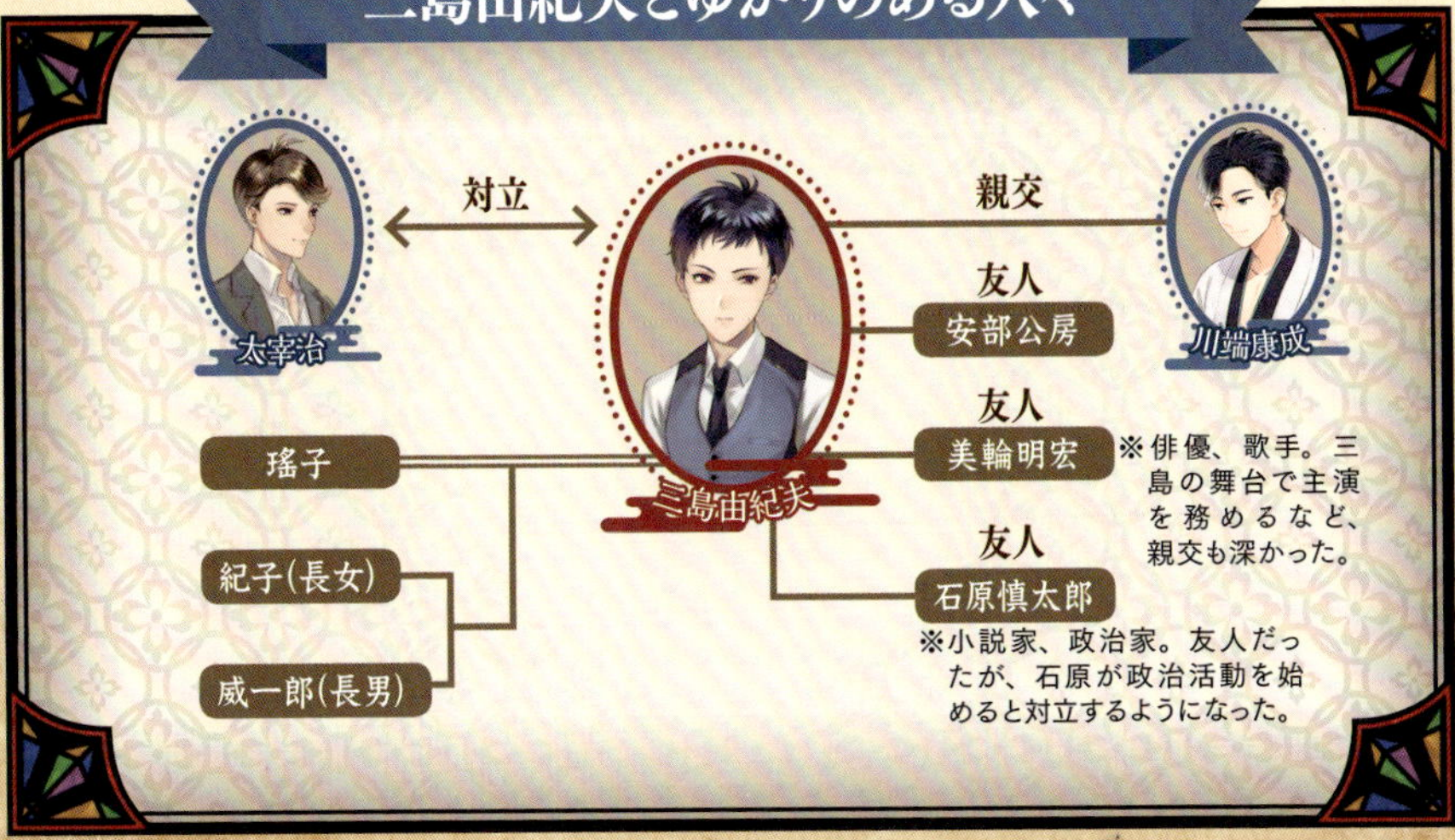
太宰治
対立
三島由紀夫
親交
川端康成
友人
安部公房
友人
美輪明宏
※俳優、歌手。三島の舞台で主演を務めるなど、親交も深かった。
友人
石原慎太郎
※小説家、政治家。友人だったが、石原が政治活動を始めると対立するようになった。
瑤子
紀子(長女)
威一郎(長男)

大衆文学の最先端を走った

吉川《よしかわ》英治《えいじ》

ヘビースモーカー

1日80本もの煙草を吸った。ほとんど無意識に吸っていたようで、考え事をして歩きながら煙草ではなく鉛筆を咥えていたという話も。

最初は川柳から

最初に興味があったのは川柳で、雉子郎という雅号もあった。川柳を通し江戸の風物や情緒に触れたことが、その後の糧になった。

生没年月日	出身地
1892年8月11日〜 1962年9月7日	神奈川県久良岐郡中村根岸 （現・神奈川県横浜市中区）
特技・趣味	**プロフィール**
若い頃、象嵌蒔絵の下絵描きをしていたこともあり、絵を描くのが好きだった。一時は画家になろうと思ったこともあった。	旧小田原藩士の父と佐倉藩士の家系の母を持つ。貧しく、若い頃から職を転々とする。懸賞小説当選を経て、徐々に執筆活動を始める。

イラスト／唯奈

吉川英治はこんな人

複数の名前を使いこなし 売れっ子として頭角を現す

懸賞小説当選後、働いていた新聞社で無署名ながら「親鸞記」を連載したのをきっかけに作家としての経験を積んでいった。徐々に売れっ子となった英治は、一時は7つの名前を使いこなして多くの作品を書いた。ひとつの雑誌に英治のペンネームがずらりと並んだことも。しかし、『剣難女難』の大ヒットで吉川英治の名が定着し、以降、この名を通すことになった。

東京大空襲で長女を奪われ 終戦直後には休筆期間も

多くの新聞や雑誌にヒット作を持っていた英治だったが、終戦後、2年ほど休筆し、疎開先だった東京都青梅市にあった自宅で畑作業をして日々を送った。休筆の理由は、女学校在学中の長女が学徒徴用で女子挺身隊として都内に残り、東京大空襲で亡くなったことがとくに大きかったと考えられる。再びペンを持ったのは、友人で息子の名付け親だった菊池寛の依頼による。

読んだ気になる代表作ガイド

敗戦後の人々の心に響く 今も残る武蔵観をつくった

幼馴染の又八とともに関ヶ原に出陣したたけぞうは、ほとんど戦いもしないうちに敗北して山中に逃げこむ。敗残兵として逃げた末、捕らえられたたけぞうは、沢庵の助けで池田輝政の天守閣に幽閉された。

三年後、幽閉を解かれたたけぞうは、名を武蔵と改めて放浪の旅に出る。又八の許嫁で武蔵を慕っていた幼馴染のお通もその後を追った。

行く先々で様々な武芸者と渡り合った武蔵は、不思議な因縁で結ばれていた宿敵・佐々木小次郎と、ついに巌流島で戦うことになる。

吉川英治
Eiji Yoshikawa
宮本武蔵
巻一
新潮文庫
『宮本武蔵』新潮文庫刊

吉川英治とゆかりのある人々

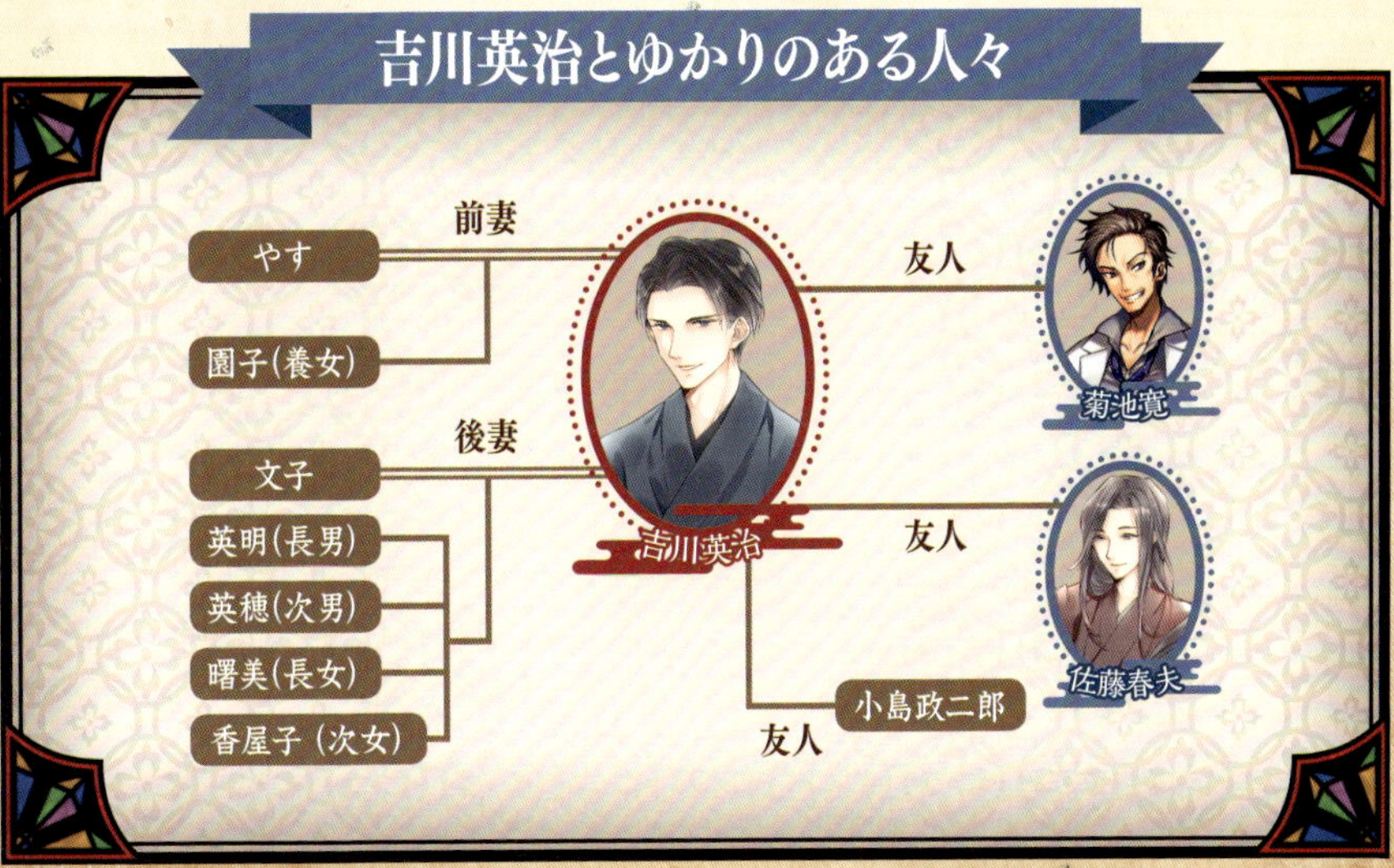
前妻
やす
園子(養女)
後妻
文子
英明(長男)
英穂(次男)
曙美(長女)
香屋子（次女）
吉川英治
友人
菊池寛
友人
佐藤春夫
友人
小島政二郎

〔参考文献〕

『最新国語便覧』（浜島書店）
『常用国語便覧』加藤道理編（浜島書店）
『新潮日本文学アルバム』シリーズ（新潮社）
『現代日本文学アルバム』シリーズ（学習研究社）
『近代作家エピソード辞典』村松定孝著（東京堂出版）
『二葉亭四迷と明治日本』桶谷秀昭著（小沢書店）
『編集者 国木田独歩の時代』黒岩比佐子著（角川選書）
『広津和郎全集　第十二巻』広津和郎著（中央公論社）
『牧水の心を旅する』伊藤一彦著（角川グループパブリッシング）
『若山牧水』見尾久美恵著（笠間書院）
『江戸川乱歩』太陽編集部（平凡社）
『番町の家　慶應義塾大学図書館所蔵　泉鏡花遺品展』泉鏡花記念館
『翼の王国』ANAグループ機内誌
『神々の国　ラフカディオ・ハーンの生涯』工藤美代子著（集英社）
『ラフカディオ・ハーン　日本のこころを描く』河島弘美著（岩波書店）
『吉川英治の世界』吉川英明著（講談社）
『＜武蔵＞と吉川英治　求道と漂白』齋藤愼爾著（東京四季出版）
『文豪男子コレクション』（レッカ社）
『「文豪」がよくわかる本』福田和也監修（宝島社）
『文人悪食』嵐山光三郎著（新潮社）
『日本男色物語』武光誠監修（カンゼン）
その他、青空文庫やwebサイトを参考にしております。

文豪図鑑 完全版　～あの文豪の素顔がすべてわかる～

2017年3月3日　初版第1刷発行

編　者　株式会社開発社

発行者　伊藤　滋

発行所　株式会社自由国民社

〒171-0033　東京都豊島区高田3-10-11

電話 03-6233-0781（代表）

振替 00100-6-189009

http://www.jiyu.co.jp/

印刷所　大日本印刷株式会社

製本所　加藤製本株式会社

ライティング　浅水美保、井本智恵子、早川スミカ、半澤則吉、藤岡千夏、松本晋平
カバー・本文デザイン　株式会社アクア